Fag Love

Peter Rehberg

FAG LOVE

Roman

MännerschwarmSkript Verlag
Hamburg 2005

Bibliografische Information der Deutschen Bibliothek
Die Deutsche Bibliothek verzeichnet die Publikation in der Deutschen Nationalbibliografie; detaillierte bibliografische Daten sind im Internet über http://dnb.ddb.de abrufbar.

Peter Rehberg
Fag Love
Roman

Umschlaggestaltung: Carsten Kudlik, Bremen
Druck: Finidr, Tschechien
1. Auflage 2005
ISBN 3 935596 71 5

MännerschwarmSkript Verlag
Lange Reihe 102 - 20099 Hamburg
verlag@maennerschwarm.de
www.maennerschwarm.de

Für D.

Maybe one day we'll wake up
And this will all just be a dream
Eminem*

*

Mehr über die zitierten Songs
in «Svens Stories» *im Anhang*
dieses Buchs ab Seite 188.

+

Wenn, wenn, wenn ich nicht so schwul gewesen wäre. Aber Schwulsein war doch das Beste in meinem Leben. Aber wenn ich nicht so schwul gewesen wäre, dann wäre Lisa meine große Liebe. Meine liebe Lisa. Meine Mutter sagte «ganz apart», als sie uns zum ersten Mal zusammen sah. Dann sagte sie noch: «auf ihre Weise». Ich glaube, meine Mutter mochte Lisa. Aber sie mochte nicht mich mit Lisa. Alle Mütter sind heimlich froh, wenn ihr Sohn schwul ist. Nur wenn andere im Raum sind, tun sie so, als sei es anders.

Lisa guckt einen so an, dass man glaubt, dass am Ende alles wieder gut wird. Dass jede Geschichte gut endet. Dass das Leben immer weitergeht. Beim Bericht der Dramen des eigenen Lebens guckte sie erst böse, eigentlich strafend. Warum das so wichtig sein sollte. Dann lachte sie, warf den Kopf in den Nacken und hatte auf der Stelle alles wieder vergessen. Und man selber auch. Danach gut gelaunt zusammen in die Videothek gehen und einen Woody-Allen-Film ausleihen, obwohl ich Woody Allen gar nicht mag. Aber zusammen mit Lisa guckte ich sogar Woody Allen und lachte immer, wenn Lisa lachte.

Vorne links sitzt Lisa und guckt mich an. Sie wirft ihren Kopf nicht in den Nacken. Wir gehen nicht ins Kino. Wir gucken keinen Woody-Allen-Film. Ich bleibe hier liegen. Sie bleibt dort sitzen. Ich glaube, Lisa weint.

Lisa und ihre Schwester. Zwei Lesben, denkt man, wenn man sie nebeneinander sitzen sieht. Schwestern, nicht Lesben. Neben den lesbischen Schwestern sitzt Sven. Sven sieht aus wie ein Homo aus der britischen Version von *Queer as Folk*, nicht der amerikanischen. Nicht *gay*, nicht wie ein Pornostar, sondern wie ein Nachbar, den man gerne im Haus hatte. Sven: mein bester Freund. Warum mein Leben nicht so aussah wie in *Queer as Folk* (britische Version), wo die besten Freunde, Vince und Stuart, zum Schluss doch noch ein Paar werden.

Vince und Stuart aus *Queer as Folk* warten mit dem Sex, bis sie nicht mehr jung sind. Damit dann keiner hinterher gleich wieder abhaut, sondern beide für immer zusammenbleiben.

Wann man nicht mehr jung ist. Habe ich im letzten Jahr entschieden: mit sechsunddreißig. Als ich jung war, habe ich mich immer zu alt gefühlt. Später immer zu jung. Mit sechsunddreißig fühlte ich mich auf einmal wie mit sechsunddreißig. Das richtige Alter. Das richtige Alter, um den richtigen Mann zu treffen.

In Sven verliebt gewesen.
Was wäre, wenn.
Solche Fragen sind schon im Leben doof.

Wenn man lebt, lebt man. Wenn man tot ist, ist man tot.

«There is no parallel universe, which could have shown you how to be happier», hat Lisa immer gesagt, wenn es darum ging, Entscheidungen zu treffen.

Sven sagte, es gibt zwei Möglichkeiten, im Leben glücklich zu werden: leben, so schnell wies geht, oder, solange man lebt, nicht leben, sondern über das Leben nachdenken. Ich habe mich fürs Erste entschieden, Sven fürs Zweite.

Sven wollte von keinem was, niemals. Sagte er immer, von keinem. Immer allein sein und schlau sein. Habe ihm nie geglaubt, wenn er das sagte. Obwohl er wirklich der schlauste Mann war, den ich kannte. So schlau, wie sonst nur Frauen schlau sind.

«Bücher sind interessanter als Menschen», sagte Sven.
Ich habe gesagt: «The pleasure you get from work ruins your sex life.»
Hatte ich irgendwo gelesen.

Nicht allein sein wollen.
Ich wollte nicht allein sein.

Nicht mit Sven zusammen.

Aber mit Anton.
Anton und ich.

«Das komischste Paar, das ich kenne.» Sven hat laut gelacht, als er uns das erste Mal zusammen gesehen hat.

Laut auf der Straße gelacht. So ging das den ganzen Abend. Mich und Anton bei Cocktails in der *Heilen Welt* erst angelacht und dann ausgelacht. Und dann gesagt: «Ihr seid aber ein komisches Paar.» Sagte er und lachte und guckte uns an. «Das komischste Paar, das ich kenne.» Dann haben wir alle drei gelacht. Was ich von Anton wollte. Ich wollte was, daran erinnere ich mich noch.

Auf der Bank neben Sven sitzt Anton.
Hält die Hand von Sven.
Svens Kopf auf Antons Schulter.

Ich kann mich nicht erinnern.
Ich kann mich nicht daran erinnern, was passiert ist.

Mit Sven und mit Anton, mit Anton und mir.

Irgendwann sagte ich zu Sven: «Mich interessieren nur Liebesgeschichten.»
Nach einer Weile hat er geantwortet: «Alle Geschichten enden mit dem Tod.»

Closest Thing to Love*

Maybe I'll love you one day
Maybe some day we'll grow
Eminem*

rewind

Wie es anfing: als er mich das allererste Mal ansah, an mir vorbei war, wieder weg war, bevor ich was sagen konnte, und ich ihn nicht wieder finden konnte und dann dachte: Wie ich den denn jemals wieder finde. Nicht nur heute Nacht, in diesem Leben.

«Seinen Soulmate suchen», sagte Lisa, als ich ihr am nächsten Morgen zum ersten Mal von Anton erzählte. Ich hatte noch nicht gesagt, *wo* wir uns gesehen hatten. Konnte mich nicht konzentrieren und konnte nicht hinhören, wenn sie *Soulmate* sagte. Weil ich das Wort so schlimm fand, *Soulmate,* aber trotzdem glaubte, dass es stimmte, was sie sagte, auch wenn ich nicht wusste, wie mans sagen sollte.

Im Sommer in die Sauna, obwohl mans da drin kaum aushielt, im Sommer, sowieso. Weils so tüchtig stank. Nach Nikotin, das aus großporigen Gesichtern rauskam, vom Wasserdampf getrieben, da rausquoll und rausqualmte. Alkohol auch. Eine Menge Männerschweiß. Im Sommer noch mehr. Eine Menge Sommermännerschweiß.

Ihn gar nicht gesehen. Er mich aber. Allerschönster Mann von allen, kam zu mir hin. Da stand er. Wie er mich ansah. Also doch. Dass nicht nur ich allein in meinem Kopf das war und wollte. Also alle beide. Nur wir beide. Alle um uns rum, die wieder weggestoßen werden mussten. Kleine Hände um uns rum, wem die gehörten, die Hände da, die wollten wir nicht haben.

Nur du mich und ich dich.

Dann wurde es zu heiß oder es stank zu doll oder du langweiltest dich oder wolltest doch nicht sofort so wie ich.

«Es wird zu heiß», sagtest du und ich dachte, das war eine Ausrede und blieb, nachdem du raus warst, noch extra lange im Dampfraum drin. Dann konnte ich auch nicht mehr. Es war auch wirklich zu heiß hier. Ich ging raus, saßt du da, nicht allein, sondern mit dem, mit dem ich vorher wollte, aber der nicht, und der dann die ganze Zeit nicht mit mir, sondern mit einem andern am Ficken war, und jetzt kapierte ich es erst.

Das warst ja du.

«Hast du eine Kabine?», fragte der, der vorhin nicht wollte.
«Wenn du eine Kabine hast, dann könnten wir da ja jetzt rein zusammen», sagte er und guckte dich an.
«Zu dritt», sagte er.
Aber du sagtest nichts dazu.
«Ich habe keine Kabine.»
«Ich auch nicht», sagte er.
Du auch nicht,
und als du mich angeguckt hast, fühlte ich mich wie in einem Lied von den Pet Shop Boys, das ich bis jetzt immer superspießig fand.

I feel like taking all my clothes off
*And I wouldn't normally do this kind of thing**

Wir waren aber schon nackt. Saßen zu dritt vorm Saunaeingang. Kabine gabs ja nicht, wieder zurück in die Sauna ging auch nicht, weils so stank und weils so heiß war, weiterwarten, worauf denn. Worüber wir denn redeten. Aber weiß noch ganz genau, wie superangenehm das war. Mit dir und mit dem andern, der auf einmal weg war. Weil du mich so ansahst und ich dich. Mit dir allein, so supersauangenehm, so dass wir beide alleine auch ohne Kabine jetzt vor der Sauna Sex hatten.
Keiner kam zum Zugucken dazu.
Ich bin gekommen und du nicht.
Du warst ja schon gekommen und dann kams:

«WOLLEN WIR WAS TRINKEN?»

Wichtiger Unterschied zwischen Heten und Homos: Heten fragen *vorm* Sex: wollen wir was trinken, Homos hinterher. Erst Sex, dann Saufen. So machen das die Homos. Korrekte Reihenfolge bitteschön beibehalten. Wenn Heten fragen: WOLLEN WIR WAS TRINKEN?, wollen sie nichts als Sex. Heten sind Heuchler, nicht: WOLLEN WIR FICKEN, WOLLEN WIR WAS TRINKEN?, fragen sie. Wenn Homos fragen: WOLLEN WIR WAS TRINKEN?, ist der Sex schon um (da muss man ja nicht fragen). Wenn Homos nach dem Sex noch fragen: WOLLEN WIR WAS TRINKEN?, geht es nicht um Sex. Es geht um mehr. Worum es geht. Dass Sex nicht das Allerinteressanteste ist. Dass was schöner ist. Das gibt es. Dass was schöner ist als Sex. Das Risiko, dass die gerade eben beim Sex produzierten Phantasien beim Saufen zusammen dann augenblicklich durch das Gequatsche vom Gegenüber jetzt ruiniert werden. Problem, dass man das beim Sex nicht unbedingt so mitkriegt, wie der andere drauf ist. WOLLEN WIR WAS TRINKEN? Anschließend bisschen zusammen sein. Für ein paar Stunden. Oder für die nächsten drei Tage. Vielleicht nicht für immer, aber für die nächsten paar Jahre. Zwei bis drei Jahre oder so. So machen das die Homos.

«WOLLEN WIR WAS TRINKEN?»
Hättest du diese blöde Frage nicht gestellt.

«Lass mal, ich muss nach Hause.»

Außerdem total unoriginell.

«Lass mal, ich muss nach Hause.»
«Echt?»
«Ja.»
«Noch ein Bier?»
«Nee.»
«Ein Alster?»
«Ähn Ähn.»
«War schön mit dir.»
«Man sieht sich.»
«Tschö.»
«Tschö.»

In Wahrheit alles anders:

«WOLLEN WIR WAS TRINKEN?»

Hast du gefragt. Und ich habe gesagt:

«Na klar.»
«Zwei Bier, bitte!»

Als die Biere da waren, hast du deins als Erstes umgeschmissen. Vor Glück? Vor Lachen lagen wir auf jeden Fall gleich mit auf dem Boden. Mitten in der Bierlache und waren schon so offensichtlich verliebt, dass der Kellner, der da zwischen unsern Füßen rumrutschte, um alles wieder aufzuwischen, überhaupt nicht wieder wegwollte von da unten. Ging erst wieder, als wir schon böse wurden.

«Hinter die Theke.»
«Noch zwei Bier!»

Du machtest immer eine Fünfsekundenpause, bevor du dann schließlich noch bitte gesagt hast, wenn es keiner mehr erwartete.

«Noch zwei Bier.»
«Bitte.»

Diesmal warfen wir die Gläser nicht gleich wieder um. Obwohl der Kellner schon darauf wartete.
«Gleich nehmen wir Geld», hast du gesagt, als wir im Umkleideraum nackt vor unsern Schränken standen und der Kellner schon wieder vorbeikam. Im Spiegel gegenüber konnte ich sehen, wie du vor mir standest und ich dahinter oder umgekehrt.

Draußen weiter einen Sommerabend lang.

Wie sahs am zweiten Tag aus?
Sex hatten wir ja schon.
Was machen wir denn jetzt?

Als wir uns am Tag danach am Alexanderplatz trafen, erkannte ich dich erst nicht wieder. Das sollte das Gesicht sein, in das ich mich, glaubte ich, in der Nacht davor verliebt hatte? Konnte dich nicht angucken, dir nicht in die Augen gucken. Im Auto. Du redetest einfach. Einfach reden. Damit es nicht so komisch war. Konnte mich kaum daran erinnern, was gestern war. Wen ich vor mir hatte. Anton? Zu dir rüber-gucken, zu dir hin. Im Auto. Weiterfahren und weiterreden. Einfach reden.

Im *Barcomi's* aufeinander, nicht nebeneinander sitzen. Du oben auf mir drauf. Cheese Cake und Blueberry Muffins essen. Hast mich mit voll verschmiertem Gesicht angegrinst. Schnell von der Bank runterrutschen und unterm Tisch ficken? Dann müssten wir nicht so viel reden. Wir tranken aber brav unsere Latte macchiatos aus. Wieder im Auto, als wir über den Alexanderplatz fuhren, wurdest du plötzlich still. Du hast beim Fahren deine Augen zugemacht. Dann hast du mich geküsst.

Anton.

Schnell schnell schnell nach Hause. In der Wohnung mit Blick auf die Türme an der Frankfurter Allee, die von weitem ein bisschen so aussahen wie die am Gendarmenmarkt. Einer stellte sich oben auf den Küchentisch, der andere blieb davor. Fanden beide Sex im Stehen besser als im Bett. Das Bett war dafür da, dass wir hinterher dicht beieinander lagen, deine Haut an meiner Haut.

Auf einmal einer, nicht ich, der zu mir dazugehörte. Angucken, nix sagen. Konnte so weitergehen. Es fühlte sich so an, als könnte es immer so weitergehen.

Die Musik blieb an, sonst konntest du nicht einschlafen.

Dann wachte ich auf.

Allein in der Nacht.

Dass einer alles für mich sein soll.
Einbildung, Quatsch und Betrug.
Dachte ich, als ich nicht schlafen konnte und dich ansah.

«Nicht denken», hatte Lisa gesagt, «einfach nicht denken.»

Nicht.

Zugucken, wie du schläfst.

Ich glaube an Liebe.
Ich glaube nicht an Liebe.
Ich glaube an Liebe.

fast forward

«Was gibt es zu entscheiden», sagte Lisa am nächsten Morgen zu mir am Telefon, «es passiert oder nicht», und dann, «das ist alles.»
«Entweder man verliebt sich oder nicht, oder?»

«Und was macht man dann damit, was passiert ist?»
«Was macht man dann damit?»

Man entscheidet sich.

Ich habe mich immer *nicht* dagegen entschieden. Aber nur, weil ich mich nicht entscheiden konnte, aus gar keinem anderen Grund. Immer alles ausprobieren. Mal sehen, wo man landet. War nicht sicher, ob ich dazu Abenteuer sagen sollte oder einfach *Abwarten*.

«Bei Abenteuern ist man aktiv. Wenn man abwartet, passiv», belehrte mich Sven, der Schlaue. Aber den Unterschied zwischen aktiv und passiv fand ich noch nie so wichtig.

Drei Tage nach dem Tag nach der Sauna rief Anton mich an. Drei Wochen später bin ich zurück nach New York. Anton blieb in Berlin.

«Eine Fernbeziehung sagt man dazu», sagte Sven.
«Was daran falsch sein soll», sagte ich. Low Budget Jet Set. Woher das Geld kommt, egal. Was wir am helllichten Tag machen, darüber sprechen Homos nicht.

«Das ist kein Leben, das ist *lifestyle*», meinte Sven, der Spielverderber, als ich ihn aus New York anrief, als Anton drei Monate später das erste Mal da war, um mich zu besuchen.
«Er ist gekommen! Er ist wirklich gekommen!»
«Keinen Alltag.»
«Immer Aufregung.»
«Dadurch verlängert, dass man sich nicht so oft sieht.»
«New York nervt sowieso», meinte Sven, der bisher weder New York noch Anton kannte.
«Du nervst.»

Durch Manhattan rennen wie kleine Kinder vor Weihnachten. Manhattan: ein schwules Kinderparadies.

«Süß», sagte Lisa, als sie uns beim Abendessen beim Japaner zusammen sah, und guckte erst mich und dann Anton an. Lisa lebte seit sieben Jahren in New York, obwohl sie hier nie glücklich war. Sie würde erst wieder gehen, sagte sie, *wenn* sie glücklich geworden sei. So wie die Frauen in dem einzigen erträglichen Praunheim-Film: *Überleben in New York*. Ich war, kurz bevor ich Anton kennen gelernt hatte, nach New York gekommen. Ich wollte von Anfang an glücklich sein. Ich wollte hier nicht wieder weg.

Ich glaube, für Lisa waren Anton und ich so was wie Comicfiguren. Wie die beiden aus *Will & Grace*, die nicht *Will & Grace* hießen. Sven und Lisa, meine besten Freunde. Meine besten Freunde haben mich nicht verstanden. Haben mich und Anton nicht verstanden. Für mich waren wir wie die Helden in einem Pet-Shop-Boys-Lied.

New York City boy
You'll never have a bored day 'cause you're a New York City boy
*Where Seventh Avenue meets Broadway**

Manhattan: perfekte Kulisse für ein perfekt schwules Leben. New York: die einzige Stadt auf der Welt, die nicht bloß zu Gay Pride vollkommen schwul war. «Frei sind wir erst, wenn die ganze Welt schwul geworden ist», habe ich bei seinem ersten New-York-Besuch zu Anton gesagt. Dann umarmte ich ihn und hielt ihn fest, die ganze Zeit, als wir bei Sonnenuntergang auf der Staten Island Ferry standen und benommen die Skyline von Manhattan betrachteten, so lange, bis uns schwindelig wurde. «Nicht nur die Welt, das ganze Universum», sagte ich. Hubert Fichte hat das auch so oder so ähnlich geschrieben. Anton lachte, aber verstand nicht, was ich meinte, und kannte Hubert Fichte nicht. Egal, denn du bist mein Held, ich bin deiner: schwule Helden. Das geht nur in New York. Wenn es länger als einen Tag oder eine Nacht dauern soll. Wenn es ohne Drogen gehen soll. In dem Moment hatte ich verstanden, dass ich hier nicht wieder wegkonnte. Auch nicht wegen Anton. «Du musst nach New York kommen», sagte ich zu Anton. «Komm nach New York.» Er gab mir einen Kuss. Die Sonne war schon untergegangen.

Ich würde mal gerne einen schwulen James-Bond-Film sehen. Mit Vin Diesel und Matthew McConaughey in den Hauptrollen. Ich wünschte mir ein Leben wie in einem schwulen James-Bond-Film: Die Menschen waren schön und sexy. Immer schien die Sonne. Ein Leben wie im Porno eigentlich. Ganz egal wer starb, wie viele starben und wie sie starben, am Ende immer ein Happy End. Dass die Deutschen immer die blöden Bösen waren, übersah man gerne. Ich wollte so leben wie in einem schwulen James-Bond-Film.

Die Haare auf der Brust von Sean Connery. Der erste und beste James Bond. Danach in dieser Reihenfolge: Pierce Brosnan, trotz der schiefen Zähne, Roger Moore, obwohl eigentlich von Anfang an zu alt, und zum Schluss Timothy Dalton. Bei dem stimmte im Gesicht was nicht.

Anton sah besser aus als Timothy Dalton, Roger Moore, Pierce Brosnan.
«Model Looks», sagte Lisa, als wir beim Japaner saßen und sie erst Anton und dann mich anguckte.
«Der schönste Freund, den ich je hatte», sagte ich zu ihr.
«Er sieht aus wie George Michael.»
Ich fand, er sah aus wie Sean Connery, circa 1966.
Die Haare auf der Brust.
Mein Freund sah aus wie James Bond.
Mein James Bond.

a different point of view*

«Bisschen blond, würde ich sagen», flüsterte Sven mir ins Ohr, als er uns bei meinem nächsten Berlinbesuch im Sommer zum ersten Mal zusammen sah.

«Ein Homo halt.»
Dann drehte er sich um und guckte gelangweilt die anderen gelangweilten Homos in der *Heilen Welt* an. Sven fand immer alle blond und blöd.

«Was magst du denn an ihm?»
«Den Blick», sagte ich dann, «den Blick.»
Lisa hatte das auch sofort bemerkt.
«Ach», Pause, «der Blick», hatte sie zu mir gesagt und mich dann angeblickt.
Homos und Frauen.
«Wenn es sich gut anfühlt, muss man herausfinden, worum es geht», hatte Lisa dann gesagt.
«Es fühlt sich so gut an, wie *Brown Eyes** von Fleetwood Mac.» Leider kannte Lisa das Lied nicht. Kannte keinen, der es kannte.
Trotz des Blicks sagte Sven einfach, «der ist zu blond, zu blöd».
«Selber blöd.»

Dass Deutsche immer so doof direkt sein müssen. Blond, blödes Wort für Blödheit. Außerdem war Anton überhaupt nicht blond. Antons Haare waren dunkelbraun, wie seine Augen. Denn Blond interessierte mich gar nicht.

Sven interessierte sich weder für Blond noch für Nichtblond. Sven interessierte sich für gar nichts. Er hatte niemals einen Mann. Jedenfalls nicht in den sieben Jahren, die ich ihn kannte. Manchmal fragte ich mich, ob er überhaupt schwul war.

schneekönig

Aus den ersten Tagen, Wochen, Monaten mit Anton wurden schnell

eins
zwei
drei

Jahre. Hin und her zwischen New York und Berlin, das hatten Anton und ich drei Jahre so gemacht. New York, New York, Berlin, New York. Seine letzte E-Mail, bevor ich das letzte Mal im Flieger nach Berlin saß, ging so:

Ich freue mich wie ein Schneekönig.

Anton.

Als er dann in Tegel wirklich vor mir stand, sah ich dummerweise, dass das gar nicht stimmte: Er freute sich nicht. Sondern stand da noch kaputt von letzter Nacht simsend am Pfeiler rum.

Im Auto drin, redete er nicht wie sonst auf mich ein. Und auch wenn ich die Ruhe nach dem Flug genossen habe, an und für sich ein schlechtes Zeichen. Denn die Anfangseuphorie des Wiedersehens führte bei Anton normalerweise zur Übersprungshandlung des Vielquatschens.
Damals nicht.
Ich durfte reden.

Ich musste reden.
Einer muss ja reden.
Ich war so überrascht, dass mir nix einfiel. So als kannten wir uns gar nicht, als wollten wir uns gar nicht kennen lernen. Als müssten wir uns nur ein Taxi teilen, weil wir zufällig im selben Viertel wohnten und Geld sparen wollten. So wie in New York, von JFK nach Manhattan.

«Du siehst müde aus», sagte ich. Mit so einem Nulldialog konnte ich ja gleich wieder einpacken. Immer wenn Anton die Arbeit des Quatschens am Anfang nicht übernahm, ging es einfach nicht. Ich konnte das nicht. Ich konnte das nicht mit ihm. Er nur, wenn ers selber machte. Er wollte aber nicht.
«Ich war aus.»
«Weil ich so aufgeregt war.»
«Dass du kommst.»
Süße Antwort eigentlich.
Aber ich glaubte kein Wort.

Im Radio lief die neue Single von den Pet Shop Boys.

«Ich habe zwei Karten fürs Konzert morgen Abend», sagte Anton und gab mir schnell einen Kuss. Ich hatte zwar *Always on my Mind** als Maxisingle seit zehn Jahren im Umzugskarton bei meiner Mutter im Keller liegen, aber im Prinzip die Pet Shop Boys erst zusammen mit Anton entdeckt. In dem Sommer, als wir uns in der Sauna getroffen hatten. Zur Begrüßung heute in Berlin lief *Home and Dry** im Radio. Hatten die Pet Shop Boys extra für uns geschrieben:

There's a plane at JFK to fly you back from far away all those dark and frantic transatlantic miles

Anton und ich. Seit drei Jahren ein Paar. Dreimal im Jahr flogen wir hin und her. Hatte ich was nicht mitgekriegt beim letzten Mal? Wann das war. Im Januar in New York. Jetzt war Mai. Die letzte Nacht zusammen im Flughafenhotel, *Holiday Inn*. Weil Antons Flug überbucht war und er sich immer wie ein Schneekönig (was war eigentlich ein Schneekönig?), weil er sich also immer wie ein Schneekönig freute (und warum freuten sich Schneekönige so?), wenn ihm dreihundert Dollar extra und eine Nacht im Hotel angeboten wurden, auch wenn man nicht wirklich wusste, was an dem Extratag und der Extranacht im Hotel noch so toll sein sollte. Damals schon, hatten wir gedacht. Das hieß im Winter in New York nämlich: Wir sehen uns noch einen Tag und noch eine Nacht, eine Menge, wenn man sonst weniger als hundert Tage im Jahr zusammen war, weil man auf zwei verschiedenen Kontinenten lebte.

Tagsüber durch Chelsea laufen. Sextoys angucken, anfassen, aber nicht ausprobieren. Schließlich war Anton mit einem schwarzen Lederarmband am rechten Arm nach Hause gegangen.
Die geschenkte Nacht.

Ich schlafe so gerne in Hotelzimmern. Weil meine Wohnungen nie so schön sind, seit ich in New York war. Weil es Filme, die in Deutschland noch nicht im Kino liefen, auf Pay-TV gab. Die Nacht im Hotel. Erster Streit: ob wir noch fernsehen wollten. Zweiter Streit: was wir sehen wollten. Dritter Streit: weil ich zwanzig Minuten später einschlief, obwohl ich derjenige gewesen war, der noch was gucken wollte. Aber es war neben dir im Bett auf einmal so schön. Hast du nicht verstanden. Streiten, streiten, streiten. Streiten bis zum Schluss. Zum Abschied Versöhnungssex gabs nicht. Bisschen Versöhnungskuscheln bloß.

Wiedersehenskuscheln, kein Wiedersehenssex gabs jetzt vier Monate später wieder in Berlin. Nicht mehr streiten. Nicht mal mehr streiten? Erst mal einschlafen zusammen. Konnte mich tagsüber sowieso nie länger als sechs Stunden im Stück wach halten. Auch ohne Jetlag nicht. Nachmittags bisschen ruhen, wie Dorothea ein Leben lang, auch als die Kinder noch klein waren. Dass ich in dem Moment ausgerechnet an meine Mutter denken musste. Beim letzten Treffen in New York hatte Anton mir kurz vor dem Abflug auf dem Flughafenklo trotz Videoüberwachung im toten Winkel der Kamera noch schnell vor dem Pissbecken einen geblasen. Das einzige Mal in dem Jahr, dass wir zusammen Sex hatten. Langsam machte ich mir Sorgen, wegen meinem nicht vorhandenen Sexualleben mit meinem Boyfriend.

Aber alle andern Homopaare, die ich kannte, hatten nach zwei Jahren Beziehung auch keinen Sex mehr. Keinsex, schwules Tabuthema Nummer 1. Wer alles mit wem keinen Sex mehr hatte. Hätte ich gern immer noch, sone sexlose Beziehung mit Anton.

Es hätte mich nach dem Mittagsschlaf schon stutzig machen

müssen, dass in der neuen Wohnung im Prenzlberg meine Sachen unausgepackt in zwei Pappkartons, nicht mal richtige Umzugskartons, beiseite geschoben, in der Ecke, hinterm Sofa abgestellt waren.

Dabei sollte es unsere Wohnung werden.
Es sollte doch jetzt unsere Wohnung werden.
Anton und ich, wir wollten zusammen in Berlin bleiben.

«Ich komme nach Berlin», hatte ich ihm gemailt.
«Ich komme zurück nach Berlin.»
Dann hatte ich etwas gezögert, aber schließlich geschrieben:
«Für immer.»
Einen Tag später kam die Antwort:

«Ich freue mich wie ein Schneekönig.»

Drei Jahre hatte ich mit einer Entscheidung gewartet oder war was anderes wichtiger, ich wusste es nicht. Drei Jahre wollte ich *beides*: New York *und* Anton. Nach drei Jahren New York und Anton hatte ich mich für Anton entschieden. Aber wofür hatte sich Anton, der Schneekönig, in der Zwischenzeit entschieden?

In seiner alten Wohnung gehörte mir mitten im Wohnzimmer praktisch ein ganzes Regal. Mit einer kleinen Bücherecke unten links fing es an. Jeden Sommer kamen mehr dazu. Einen eigenen Schreibtisch hatte ich auch. In Neukölln kein Problem. Die Wohnung war sowieso zu groß für einen.

In der neuen Wohnung gabs auch neue Regale, in Orange. Mein Freund mochte gern grelle Farben, wenn es um die Inneneinrichtung ging. Bisschen lesbisch, fand ich. Auf denen war aber gar kein Platz für meine Bücher. Langsam kam ich dann drauf: War hier kein Platz für mich mehr?

Aber das Schlafzimmer, mit der himmelblauen Bettwäsche. Hier wollte ich nicht wieder weg. Die schöne himmelhellblaue Bettwäsche und die schönen schneeweißen Vorhänge. Ein Schlafzimmer für Schneekönige. Nur halb so groß wie vorher. Das alte Bett passte noch rein, unser Bett. Dann war das Zimmer aber auch schon voll. In letzter Minute hatte Anton den Platzmangel bemerkt und nachts vorm Ausgehen, sagte er, noch schnell zwei Regalbretter für meine Sachen an die Wand genagelt. Sahen so schief aus wie in Lisas Studio in New York. Obwohl Anton ein super Handwerker war, eigentlich. Wahrscheinlich fanden die Heimwerkerarbeiten erst am Morgen nach dem Ausgehen statt. Im Schlafzimmer vom Schneekönig, wo sonst alles so schön war, störten die billigen Bretter deutlich. Nicht nur optisch, mein ich, nachts, als ich aufs Klo musste, stieß ich mich dran.

«Bist du blöd», sagte mir Sven am nächsten Morgen am Telefon.
«Du weißt nicht, was ein Schneekönig ist?»
«Warum er sich so freut, der Schneekönig?»
«Worüber denn»,
«Ein Schneekönig»,
mein Schneekönig,
«ist ein Kokser.»

suspicion

Den Boyfriend verdächtigen. Beliebtes Thema. Den eigenen Boyfriend verdächtigen. Dass da ganz grundsätzlich was nicht stimmte bei dem. Dass er heimlich Psychopharmaka schluckte. Dass er besser welche schlucken sollte. Dass er log, wenn man ihn nach seinem Alter fragte. Dass er in Wirklichkeit mit achtunddreißig mehr Drogen nahm, als man selber mit zweiundzwanzig konsumieren konnte.

Dass er HIV hatte, aber nichts sagte, und sich morgens um fünf, wenn man noch schlief, im Bad einschloss, um seine Medikamente zu schlucken, die er immer bei sich hatte, in der vorderen Hosentasche, vorne rechts, wo ich nie hinfasste.

Alles Ausdruck schlimmer eigener Unsicherheit, dann augenblicklich umgeschlagen in Paranoia und auf ihn raufprojiziert. Ausdruck dafür, dass ich nicht wirklich wusste, was bei ihm los war, aber ganz klar war, dass auf jeden Fall bei mir was nicht stimmte. Bei mir stimmte was nicht, wenn ich das dachte. Nicht ganz so subtile Form von schwulem Selbsthass, würde ich jetzt mal spontan sagen.

«Nein», sagte Sven, «bei deinem Boyfriend stimmt wirklich was nicht.»

Aber ich dachte, dies wäre nun der Zeitpunkt für eine umfassendere Kulturkritik. Denn wenn ich richtig sah, war ich nicht der Einzige, der heimlich dachte, sein Boyfriend wäre alles, was man selber garantiert nicht war: depressiv, drogenabhängig und HIV-positiv. Ich glaubte, das ging nicht nur mir so, sondern allen andern auch.

Zum Beispiel den Mädels in *Sex and the City*. Lektion von Manhattan: Wenn einer wirklich was von dir wollte, dann stimmte garantiert was nicht. Die Menschen, die in Manhattan mehr als eine Nacht mit dir wollten, waren hauptsächlich gestört oder krank oder noch schlimmer. Serialkiller zum Beispiel. Normal war, wenn man, so schnell wies geht, wieder wegwollte am Morgen. Das war normal. Das machten alle andern auch so. Auch war es zum Beispiel nicht normal, jemanden in der Subway anzusprechen. Auf der Straße. Dafür war das Netz ja da. Dann gabs auch keine Überraschungen mehr, wenn man sich auszog. Ich hatte ja schon alles gesehen. Hauptsächlich hieß das: keine Intimität. Bitte keine Intimität, denn Intimität war eigentlich unzivilisiert.

Es hieß, dass wir keine Intimität mehr miteinander wollten.

sex and the city

Am nächsten Morgen, als ich mich von dem, was zwischen mir und Anton gerade alles *nicht* ging, halbwegs erholt hatte, sagte Sven als Erstes:
«Na ja, eigentlich kein Wunder, wenn man sich in der *Sauna* kennen lernt.»

Und wo lernst du deine Männer kennen, hätte ich fast gesagt. Aber Sven lernte keine Männer kennen.
«Immerhin, ich habe einen Boyfriend und du nicht», habe ich dann doch gesagt, weil er mir auf die Nerven ging. «Es sei denn, du verheimlichst mir was», sagte ich schnell hinterher, weil es mir sofort Leid tat. Aber Sven hatte keine Geheimnisse. Sven hatte nicht nur keinen Boyfriend. Er hatte auch keinen Sex. Wie viele Schwule eigentlich keinen Sex hatten. Wie viele keinen Sex wollten.
«Sex ist zu einfach», sagte Sven, «das ist das Problem.»
Ist immer alles ein Problem.
Dann sagte er noch:
«Das ist doch die Idee von *Sex and the City,* dass es jetzt auch für Frauen leichter ist, Sex zu haben, als sich zu verlieben ...»
War mir nicht sicher, ob meine Lebensfragen tatsächlich dort beantwortet wurden. Ob das jetzt weiterhalf.

Kann sich keiner mehr verlieben? Das klang jetzt wirklich wie eine Carrie-Frage aus *Sex and the City*. Svens Beschreibung der Serie war ja so oder so ähnlich auf jedem DVD-Cover abgedruckt, und bevor er den Satz zu Ende sprechen konnte, sagte ich schnell, «... viel leichter, Sex zu haben, als sich zu verlieben, so wie für Männer. Egal ob jetzt schwul oder nicht», um mit einer passenden Antwort sein Gerede zu beenden.
«Genau», sagte Sven, als hätte er mir gerade was beigebracht und nicht nur auswendig gelernte Sätze aufgesagt. Als sei ich sein bester Student.
«Aber wenn Frauen jetzt Sex haben, so wie Männer, dann»,

noch mal kurz überlegen, was ich gerade sagen wollte, «dann gibt es keine Liebe mehr, oder?»
«Genau», sagte Sven noch einmal und strahlte fast («Gibt es keine Liebe mehr?», fragte Carrie).

«Und wenn Schwule wirklich Männer sind, dann kann es keine Liebe zwischen Schwulen geben.»

Diesmal sagte er nichts. Er schwieg. Diesmal kam kein Kommentar von Sven, obwohl ich nur seinen eigenen Gedanken zu Ende gedacht hatte.

War mein Plan mit Anton falsch gewesen? Hätte ich in New York bleiben sollen? War mein Boyfriend auf Droge und ich hatte es die letzten drei Jahre nicht mitgekriegt? Irgendwann mal Sex, der Rest dann nichts als Träumerei? *(Inzwischen nicht mal mehr Sex!) Konnten* Schwule sich nicht lieben? Ich meine, *gab es keine Liebe?* In diesem Augenblick fühlte ich mich wirklich wie Sarah Jessica Parker.

«Blödsinn», sagte ich dann über das selber grad Gesagte und Gedachte und lachte,
«Stimmt doch alles gar nicht.»
«Ich will mit Anton zusammenleben.»
«Ich will mit Anton alt werden.»

Dann sagte ich einfach:
«Weil ich ihn liebe.»

Wenn mans sagt, dann glaubt mans auch. Das war der Trick.

Man musste es einfach nur sagen. Sven guckte mich an, sagte noch immer nichts, dachte nach oder dachte an irgendwas anderes. Liebesgeschichten interessierten ihn nicht, genauso wenig wie Sexgeschichten. Aber Sexgeschichten konnten auch immer zu Liebesgeschichten werden.

Madonna hat es uns doch beigebracht: Man musste erst einen Dance-Hit haben *(Holiday*, Like a Virgin*)*, dann darf man auch Balladen singen *(Crazy for you*, Live to Tell*)*. Erst kommt der Sex, dann kommt die Liebe. *Das* war in Wirklichkeit die Idee von *Sex and the City*. Es konnte immer eine Liebesgeschichte daraus werden.

breaking up

Man konnte in New York zwar superschwul sein, eine Beziehung konnte man dort aber nicht haben. Man hatte ja schon eine Beziehung mit New York. Hatte ich irgendwann von den Mädels aus *Sex and the City* gelernt. Paare ziehen weg aus New York, wenn sie Paare bleiben wollen. Was ich selber dort gelernt hatte:

In New York, everybody is looking for a boyfriend, a job, an apartment

Das Leben sah zwar toll aus, war in Wirklichkeit aber nicht

so. In Berlin wars eher umgekehrt, das war meine neue Theorie. Hier sahs zwar hauptsächlich nicht so super aus, das Leben selber war aber manchmal ganz nett. Ich hatte mich entschieden. Ich hatte New York verlassen. Ich wollte mit Anton in Berlin leben.

«Ich komme zurück nach Berlin.»
«Für immer.»
«Ich freue mich wie ein Schneekönig.»

Wir saßen im *Berio*. Auf der einen Seite Sven, mein bester Freund, und auf der anderen nicht Anton, mein Boyfriend, sondern Kevin aus der Sauna von gestern Nacht.

Sven redete den ganzen Morgen bloß Blödsinn. Er hörte gar nicht wieder auf zu reden. Alles Blödsinn. Bekam ich grad noch so mit, obwohl ich selbst gerade nicht im Vollbesitz meiner geistigen Kräfte war. Musste ja nach jedem zweiten oder dritten Satz, den er da sagte, selber nachfragen, was er gerade eben noch gesagt hatte. Ich glaube, das lag daran, dass er zu viele Pronomen verwendete und im Verhältnis dazu zu wenig Nomen, also Namen, mein ich. Mit der Referenzebene war da was nicht klar, wenn er sprach, für mich.
Dann sagte Sven aber schließlich ganz süß, supersüß, während wir mit Kevin im *Berio* saßen und Sven jetzt was zum Thema Anton sagen wollte, also während er schon am Sprechen war, mitten beim Sprechen war, drehte er sich noch mal um zu mir, bevor er weitersprach, was zum Thema Anton sagte, und sagte dann,
«Was soll ich denn jetzt sagen, wer er ist, Anton, was soll ich

denn jetzt sagen, während du daneben sitzt?», und ich sagte schnell,
«Sag einfach *Exfreund*.»
Sven verstands und sagte es schnell weiter,
Kevin wusste es sowieso schon: ANTON, MEIN EXFREUND.

Gestern Nachmittag, 14:53 Uhr, hatte Anton mich aus seinem Schlafzimmer rausgeschmissen. Das Schlafzimmer war jetzt nur noch für Schneekönige.

Ich erzählte ab jetzt einfach allen, dass Anton mich verlassen hatte, und hörte mir von allen ausnahmslos an, was sie denn dazu dachten. Zum Thema Liebe hat ja jeder was zu sagen.
«Liebe ist ein Komfort, der einem trotz Unglück zu träumen erlaubt», sagte Sven. Kevin ging aufs Klo. Sven guckte mich abwartend an, so als hätten seine Worte mich beeindrucken müssen, weil er endlich die Wahrheit über mich und Anton ausgesprochen hatte. Vielleicht sollte ich lieber Kevin aufs Klo folgen. Jemand, der einem zu träumen erlaubt. Wenn es nur ein Traum war. Nicht jeder verführt einen dazu, zu träumen, fand ich. Das war keine Kritik, an mir und Anton, oder der Liebe, fand ich. Ich fand das gar nicht so schlecht.
Mein Liebesgeständnis an Anton:
«Ich liebe dich, weil du mir zu träumen erlaubst.»
Gestern Abend am Telefon hatte Lisa zu mir gesagt:

«Du hast zu lange gewartet.»
«Jetzt ist es vorbei.»
«Bevor es begonnen hatte.»

Wie sie das sagte, so leise, so sicher, so als gäbe es keine Fragen mehr. So als müsste man gar nichts mehr fragen und gar nichts erklären. Das machte mich so traurig, wie sie das sagte. Alles entschieden und klar und alles auf einmal vorbei.

«Eigentlich wundert es mich, dass du so sentimental bist», sagte Sven.
«*Du* hast doch dauernd davon geredet, ihn zu verlassen.»

Aber das machen doch alle so, oder? Immer alles offen halten. Wer weiß, was noch passiert. Und wenn was Besseres kommt: und tschüss! Der Nächste, bitte. Ob nach drei Jahren, drei Tagen oder nach einer Nacht.

Aber ich habe ihn nicht verlassen. Er hat mich verlassen. Anton hat mich verlassen.

Kevin, mein Saunafreund von gestern Nacht, kam vom Klo zurück und sagte zu mir zum Thema Beziehungskrise beziehungsweise Trennung,

«You have to learn to let go.»
«Let him go, if you love him.»

Kam jetzt bisschen früh, der Kommentar, fand ich. Es war ja kein One-Night-Stand gewesen, wie mit Kevin, auch wenn es auch in der Sauna angefangen hatte. Wessen Songtexte hatte der denn gerade auswendig gelernt, dachte ich, und guckte Sven an, der sein Grinsen nicht verbergen konnte und schnell noch einen Latte macchiato bestellte. Sven, der Antiamerikaner.

«You will be friends.»
«Friendship is more important.»

Gute Freunde hab ich schon.
Sven sagte nichts.
«What if he is simply happy this way?»
«Without you.»

«Without me.»

Konnte mich nicht entscheiden, was ich denken wollte.
Hörte mir alles an und wusste nix Besseres zu sagen.
Hatte er also letztlich Recht, der Ami mit seinem Wortmüll?

«Let it go.»
«Let go.»
«Go.»

Als Behauptung jetzt genau das Gegenteil vom dramatischen Höhepunkt von *Titanic*, als nämlich Leonardo di Caprio schon fast blau gefroren schließlich im Meer versinkt, während Kate Winslet an einer Eisscholle klammernd überlebt:

Never let go

Daran hatte ich fest geglaubt, seit Anton und ich zusammen zu *Titanic* geheult hatten. So wie alle zehn Millionen deutschen Kinozuschauer auch. Ich sagte lieber nichts. Jetzt wurde ich wirklich sentimental. Ich musste schon wieder fast heulen. Diesmal allein.

Damals hatte ich mich von Anton dazu hinreißen lassen, obwohl ich sie aufrichtig hasste, eine Celion-, nein, Celine heißt sie, eine Celine-Dion-CD zu kaufen. Nur wegen *My Heart Will Go on**. Nur wegen Anton. Anton kaufte auch alle andern CDs von CD und konnte drei Jahre später sogar den Text von *That's the Way it Is** mitsingen, obwohl das Lied so blöd war, dass es nur in der westdeutschen Provinz im Radio lief. Trotz der gemeinsamen Tränen beim *Titanic*-Gucken: Offensichtlich mochten wir nicht dieselbe Musik.

Sven sagte: «Wenn Liebe bedeutet, vom anderen verstanden zu werden, und genau das, ganz grundsätzlich, gar nicht geht, dient der Zustand des Verliebtseins dazu, darüber hinwegzutäuschen.»

Ich verstand nicht, was er wollte, oder wollte nicht. Neuer Satz zum Thema, kam mir in den Kopf, zum ersten Mal in jener Nacht, nach der ersten Nacht allein in Schöneberg, danach mit dem Nachtbus allein nach Hause, nicht mit Kevin, die Straße runter, allein am Hermannplatz, als ich daran dachte, was Sven gerade gesagt hatte. Der neue Satz zum Thema, der kam diesmal von Madonna:

I was so blind
I could not see
*Your paradise is not for me**

Das Komische, das im Kopf passiert, wenn einer für einen dann *Boyfriend* heißt. Weil er der Einzige ist, von dem man dachte, dass man sich mit ihm nicht mehr einsam fühlt. Der Einzige, mit dem ich mich nicht mehr einsam fühlte.

Dann fielen mir seine Worte wieder ein. Was Anton am Telefon gesagt hatte, gestern, nachdem er mich rausgeworfen hatte, als ich ihn dann angerufen und am Telefon geheult hatte, was ich, wenn überhaupt, nur am Telefon machte (oder im Kino), und ihn dann gefragt habe,
«Warum hast du nicht auf mich gewartet?»,
er mir dann gesagt hat, der Einzige, bei dem ich dachte, dass ich mich mit ihm manchmal nicht einsam fühle, der mir dann gesagt hat,
«Mein Gefühl ist nicht mehr so stark.»
Der mir dann gesagt hat,
«Ich finde dich nicht mehr so schön.»
Zu dem ich dann wirklich sagte,
«Ich dachte immer, wir werden alt zusammen»,
und der dann gesagt hat,
«Ich kann nicht mehr.»
«So isses halt.»
«Ach so.»

Ich habe gedacht,
«Leb wohl mein Schatz.»
Ich wollte sagen,
«Leb wohl mein Schatz.»
Aber er hatte schon aufgelegt, oder ich.
Ich weiß nicht mehr.

You're breaking my heart

Traurig sein, Geschichten erzählen, Musik hören.

Eine CD mit den besten Break-up-Songs brennen. *Nothing Compares 2 U** von Prince, gesungen von Sinead O'Connor. Anfang der Neunziger mit Luis. Bester Break-up-Song aller Zeiten. Gleich danach der einzige Song von No Doubt, den alle mochten: *Don't Speak**. Mit Alan, meinem Junkie.

Auf jeden Fall auch dabei, *Go your own Way** von Fleetwood Mac, fiel mir noch ein, als ich die Wohnungstür aufmachte. *Go your own Way*, mit wem war das? Mit allen Freunden meines Bruders, als er fünfzehn war und ich zwölf. Und mit Anton? Einfach noch keinen. Wir hatten noch keinen. Wir konnten uns nicht trennen. Hörst du.

Ich konnte nicht schlafen und hatte keinen, dem ich beim Schlafen zugucken konnte. Ich machte die Musik an, so wie Anton, wenn er nicht einschlafen konnte. Im Radio gab es nur noch Break-up-Songs.
Cher: *Believe**
Human League: *Don't you Want me**
Toni Braxton: *Un-Break my Heart**
Eurythmics: *Don't Ask me why**
Praktisch jedes Lied.
Und dann: Pet Shop Boys: *I Get along**

Vor drei Jahren, als wir uns kennen gelernt hatten, dachte ich, jetzt wird mein Leben wie ein Film. Ein Film, für den die

Pet Shop Boys die Musik geschrieben hatten. Anton und ich: ein Leben wie in einem schwulen James-Bond-Film, mit Pet-Shop-Boys-Soundtrack dazu.

Vor drei Tagen im Taxi, als ich aus New York zurückkam. Vor zwei Tagen, als wir beim Pet-Shop-Boys-Konzert in der Columbiahalle waren, Anton und ich. Als wir uns noch einmal geküsst hatten. Alles wurde wieder gut, wenn wir zusammen Pet Shop Boys hörten. Anton und ich und die Pet Shop Boys. Zum allerletzten Mal zusammen für zwei Stunden. Ich war blau und Anton auf Koks. Gestern, als er dann gesagt hat,

«Ich kann nicht mehr.»
«So isses halt.»

Es waren nur drei Tage.
Alles war anders.

Drei Jahre waren weg.

Ein Pet-Shop-Boys-Lied für jeden Augenblick des schwulen Lebens. Für jeden Augenblick von meinem Leben. Für jeden Augenblick. Jetzt saß ich allein vorm Radio. Ich glaubte, ich hatte unser Trennungslied gefunden:

Feeling like I'm stuck in a hole body and soul while you're out of control now I know why you had to go well I think we both know why it had to be so I've been trying not to cry when I'm in the public eye stuck here with the shame and taking my share of the blame

while making sudden plans that don't include you I get along, get along without you very well I get along very well.

Pet Shop Boys zum Verlieben.
Pet Shop Boys zum Entlieben.

Pet Shop Boys zum Überleben.

++

Ich kann nicht mehr sagen, was ich anziehen will. Ich trage sonst ja auch keinen Anzug. Außer bei Bewerbungsgesprächen, bei denen man sicher ist, dass man sich mit dem Job, um den es gerade geht, garantiert das Leben versaut. In die Falle Klappe zu erledigt. Zum Glück gibts ja Bewerbungsgespräche nicht so oft. Generation Globalization: im Prinzip alle joblos. Im Prinzip doch nicht so falsch, der Anzug heute. Haben Bewerbungsgespräche mehr mit Beerdigungen zu tun, als ich bisher wusste. Kannte bisher beides nicht so gut. Jetzt bin ich hier im Anzug und fühle mich im Anzug so falsch, dass ich den Anzug sofort wieder ausziehen will.

Jemand ist damit beauftragt worden, frische Unterwäsche für mich zu kaufen. Nicht Calvin-Klein-Unterhosen, *white briefs*, sondern *rote*, ich lüge nicht, rote *Fruit-of-the-Loom*-Slips (warum *rot*?), die man im Dreierpack bei *Wal Mart* kriegt, und die in Wirklichkeit nur von fünfzigjährigen Hetenmännern beim Besuch im Provinzpuff oder in Thailand getragen werden. Die dann schmutzig im Hotel zurückgelassen und hinterher von der einheimischen Reinigungskraft eingesammelt werden, um sie frisch gewaschen in der Wäschekommode ihres Ehemanns zwischen den Unterhosen der früheren Gäste zu verstauen.

Ich will meine eigenen Unterhosen.

Ich will Calvin Klein *white briefs*.

In Unterhosen siehst du am besten aus, hat Anton immer gesagt. Nein, nicht nackt, in Unterhosen. Das ist doch wichtig: wie man darin aussieht. Auch wenn meine Unterhosen nicht mehr dazu da sein werden, von einem andern Mann vorm Sex angeguckt zu werden.

Das ist für immer vorbei.

Nie wieder Sex.

Can't Get you out of my Head*

Wenn das jetzt alles war,
Der letzte Morgen war
Rosenstolz*

fast vergessen

Der Fernseher war noch an. Letzte Nacht zu viel gesoffen oder gings mir wirklich gerade nicht so super? Lisa war auf dem Anrufbeantworter. Ich verstand nicht, was sie sagte. Vielleicht sagte sie: «Sich trennen kann auch toll sein.»

Dann fiels mir wieder ein. Dass Anton mich verlassen hatte. Ich hatte es vergessen. Es war kein Traum. Er hatte sich von mir getrennt. Fast hätte ich es vergessen. Anton hatte mich verlassen. Auf der Stelle waren die gefährlichen Gedanken wieder abrufbar da. Ich machte den Fernseher aus. Supertag. Supertag für meine Beerdigung, fand ich. Lieder, die ich auf meiner Beerdigung hören wollte:

Radiohead: *Let down**
U2: *One**
R.E.M.: *I've Been High**
Alanis Morrissette: *That I Would Be Good**

Es war noch zu früh, um Lisa in New York zurückzurufen. Augen lieber noch mal zu, schnell, noch mal schlafen und wirklich alles, alles wieder vergessen. Ging nicht, ging nicht mehr, raus aus dem Bett. Aber nicht duschen. Nicht schon wieder duschen, wo einem das obere Türrahmenbrett den Kopf zerschmetterte, gestern genau dreimal passiert und ich folgerichtig kurz vor der Debilitätsgrenze. Depressiv, debil und ungeduscht. Schnell einen Schluck Kaffee. Kein Kaffee im Haus.

Ab zu Aldi.

Aldi in Treptow, da wusste man, was Osten hieß. Um acht schon auf. Paar Käufer, Kunden, der Kunde, so sagte die Frau später an der Kasse, sone gelb gefärbte Ostsexbombe, wie man sie auf dem Bahnhof Lichtenberg am Gleis 15 kurz vor Abfahrt des Zuges Richtung Moskau massenhaft sah, paar Kunden schon unterwegs. Aktuelles Lieblingsthema bei Ostrentnern bei Aldi momentan: dass die Einkaufswagen jetzt draußen angekettet standen, ohne Überdach. In der Tat eher ungewöhnlich und als Konzept nicht unmittelbar einleuchtend. Auch Rentner mit Auto fanden das keine kluge Idee, denn es regnete in Deutschland ja auch mal ab und zu.

Ostaldialltag sorgte aber dafür, nicht dass ich jetzt nicht mehr traurig war, das nicht, aber nicht mehr nur traurig, wegen dem doofen Anton, der zu blöd war, um bei mir zu bleiben (bleib doch bei mir, warum bleibst du denn nicht bei mir). Wurde jetzt ganz alltäglich, ostaldimäßig traurig. Dafür war ich den Ostrentnern dankbar, dass sie mich mit ihrer schlechten Stimmung von meiner ablenkten.

«Warum muss es überhaupt einen Alltag geben?», fragte Lisa, noch schlechter gelaunt als ich, als ich zurückrief. Als ich in New York lebte, dachte ich immer, es müsste keinen Alltag geben. Wenn man nicht wollte, dann musste es keinen Alltag geben. Ging das auch im Ostaldi-Berlin?

Beim Kaffeekochen kam mir dann meine aktuelle Definition von Liebe in den Kopf. Warum es nämlich grundegal war, ob Anton und ich den gleichen Musikgeschmack hatten oder nicht. Weil lieben komischerweise hieß, alles, alles, was man dachte, alles für einen auf einmal vergessen. Das hieß dann, dass Liebe doof machte.

«Liebe macht doof», sagte ich nach dem Frühstück zu Sven, der sagte, ich war wirklich doof. Weil ich mit Mitte dreißig immer noch so romantisch war wie ein vierzehnjähriger Teenager. Übrigens auch den gleichen Musikgeschmack hatte. War mir egal. Ich *war* romantisch wie ein Teenager.

«Was für ein schöner Tag», sagte er dann nach einer kurzen Pause. Immer wenn mans nicht mehr erwartete, wurde Sven auf einmal süß, supersüß.
«Komm», sagte er.
«Ich zeig dir Berlin.»

berlin bei tag

Westberlin bei Tag. Es gab keine Alternative zum *Berio*. Sven kam zu spät. Machte nix, denn die Sonne schien schön. Zusammen dann an den neuen Botschaften vorbeilaufen. Man konnte dann denken, dies war nicht Berlin, die Drecks- und Kackstadt, sondern, na ja, musste ja nicht immer dieser blöde New-York-Vergleich sein (Hauptunterschied zwischen Berlin und New York: in New York immerzu arbeiten, in Berlin nach und nach gar nichts mehr machen). Berlin war aber besser als Washington D.C., zum Beispiel. An einem Sonnentag im Tiergarten wusste man, Berlin wurde einfach besser, besser und besser, auch wenn noch keiner kapiert hatte, was das werden wird, Berlin. Noch immer nicht. Schon mal nicht schlecht auf jeden Fall der Zwischenstand.

Meine Pet-Shop-Boys-Lieblingssätze heute Morgen:

So I lost my patience at last
And it happened so fast
*You belong in the past**

Alles an Anton mailen.

Zum Thema Trennung hatte Sven nix Gewinnbringendes zu sagen. Merkte es nicht gleich. Dann fiels mir wieder ein. Sven, der Besserwisser. Der keine Ahnung hatte. Dass Svensätze zum Thema Trennung gar nicht gingen. Dass diese Texte alle anschließend wieder ausm Kopf rausmussten.

Machte nix, denn dann redeten wir einfach über was weiß ich, und alles wurde wieder gut. Noch besser wurde es, als wir beim Weitergehen sieben bis neun Männern mit nackten Oberkörpern hinterherguckten, die uns auch.
Schöne Männer gabs auch in Berlin.

«Erst Tiergarten, dann Wannsee. Und am Abend ab ins *Tom's.*»

«An einem Tag kannst du das schwule Berlin kennen lernen», sagte Sven, mein Stadtführer. Hatte ich noch nie gemacht, alles noch nie gemacht. Eigentlich kannte ich Berlin noch gar nicht. Neuer Plan für mein neues Leben: das schwule Berlin kennen lernen.

Am Wannsee trafen wir Kevin. Vorgestern Nacht im Keller der *Gate Sauna* um die Ecke vom Brandenburger Tor, in einem dieser allerhässlichsten Achtziger-Jahre-DDR-Häuser, bei denen ich mich immer noch wunderte, dass sie nicht schon alle längst abgerissen waren, während drum herum alles neu gebaut wurde, und dass hier zwischen Brandenburger Tor und Potsdamer Platz direkt über dem früheren Führerbunker ja mit Sicherheit eine *prime location* war. Dort hatten Kevin und ich auf einer Gummimatte im Keller gepoppt. Nicht nur war der Fick nett. Der Mann auch. Kevin kannte sich aus und erklärte uns jetzt, wie das schwule Strandleben am Wannsee funktionierte:

«Wenn du nicht weit genug schwimmst, denken alle, du bist nicht gut im Bett. Ausdauer im Bett erst mal allen im Wasser beweisen. Bis zur Boje raus. Dann zum Steg. Wo in der Sonne die nackten Körper trocknen. Der Steg ist vom Strand gut einsehbar und umgekehrt. Wenn das Wasser auf der Haut getrocknet ist, aufstehen, langsam zum Strand zurück. Alle Augenpaare verfolgen dich. Zum Schluss noch mal unter die Dusche, mitten am Strand noch mal nass machen. Bisschen wichsen, vielleicht. Zurück zum Liegeplatz, kurz warten, sich dann aufs Handtuch sacken lassen.»

«Ma gucken, wer jetzt kommt.»

Kevin guckte mich erwartungsvoll an. Wir hatten die Sauna gemeinsam verlassen, gestern Morgen. In seinem silbernen BMW Z3 zum Sonnenaufgang in den Osten, sowjetisches Ehrendenkmal im Treptower Park, aufgebaut aus den Steinen der Ruinen des Führerbunkers. Der amerikanische Botschafter zeigte mir Berlin. Endlich mal ein gebildeter Homosexueller, dachte ich. Ganz so homosexuell dann leider doch nicht. Kevin war verheiratet und hatte einen Sohn. Während seine Familie in Boston auf ihn wartete, fickte er eine Berliner Glatze nach der andern.

Sven war eingeschlafen. Kevin hockte vor mir in der Sonne. Klemmhomos waren nicht cool. Aber ein schöner Mann, dachte ich. Behielt meine Badehose trotzdem an. Kevin verschwand allein im Wasser. Dann schwamm er bis zur Boje raus.

Am Wannsee am Strand. Hälfte aller Männer ohne Badebekleidung. Schwulsein als Sexdasein definieren. Aber aus der Pornophantasie, nicht perfekt wie bei Kristen Bjorn, aber trotzdem, denn Deutsche haben dicke Dinger, wurde in Wirklichkeit was, was sich wie anfühlte?

Als hätte mal eben einer das Scheinwerferlicht eingeschaltet und in den Darkroom reingehalten. Wir waren hier aufm Set, Mann, auch wenns nicht Miami Beach war. Wollte auch gar nicht immer alles so deutlich vor meinen Augen sehen. Wenn einer auf Viagra mit dickem Ständer die Klokabinen abklapperte. Heute, Berlin-Wannsee 14:59. Es gab doch gute Gründe dafür, dass der Darkroom Darkroom hieß und dass es da dunkel drin war. Mein Lieblingslied für einen Nachmittag am Wannsee:

*We all Feel Better in the Dark**

Pornoutopie noch mal überdenken, dachte ich, als ich in der Sonne einschlief. Sven auf dem Handtuch neben mir.

«Öffentlich gemachte Promiskuität am Homostrand nervt genauso wie Paardasein», sagte er, als wir wieder wach waren, «egal ob jetzt schwul oder nicht.»

«Glückliche Schwule gibt es nur als *Peergroup*.»

Ich machte meine Augen wieder zu. Die besten Tracks der neuen Pet-Shop-Boys-CD waren Nummer 2, 4 und 9. Das war doch meine Peergroup: die Pet Shop Boys.

berlin bei nacht

«Läuft doch super das Singledasein.»
Sagte Sven und ging zwei Becks für uns holen. Aber allein vorm *Tom's* kriegte ich den Mund nicht mehr auf. Allein in der Männermenge, auch wenn ich, wenn ich wollte, was

abkriegte, ging nicht, war ein Alptraum, schaffte keiner. Mitten in der Säufergemeinde gelandet. Zwanghaft dazwischen stehen. Alle sternhagelvoll, man selber noch nicht. Ohne Sprache und unbesoffen da abzuhängen am allerschlimmsten.

«Alle nix im Kopp als Party und Drogen», sagte Sven und lachte, als er wiederkam und sah, wie ich da rumstand: blöde, ohne ihn, völlig blöde, behindert eigentlich.

Ihm gings gut.

«Würde gerne ein Lied von 2raumwohnung hören», sagte ich.

Und dann ins Bett.

Aber nicht allein.

Ich wollte nicht allein sein heute Nacht.

«Nicht 2raumwohnung», sagte Sven, «Mia oder Stereototal.»

Dann sang er ganz allein *Liebe zu dritt**.

So hatte ich ihn noch nie gesehen.

Er war noch nicht betrunken.

Ich glaube, Sven war glücklich.

Konnte mich nicht konzentrieren, saugte an meinem Bier, weil ich aus Flaschen trinken nie gelernt hatte. Wusste selber nichts zu sagen.

Ich wollte wieder weg.

Ich wusste nicht, wohin.

«Schön, dass du in Berlin bist», sagte Sven und guckte mir in die Augen. Ich guckte auch.

Er sah sich um, er sah mich wieder an. Ich hatte noch immer nichts gesagt. Dann ging er neue Biere holen. Sven mit Bier, brachte mir eine Afri-Cola mit. So besoffen war ich noch gar nicht. Trotzdem war mir schwindelig. Es war so laut hier. Warum redeten alle *über mich*? Konnte es ganz genau hören. *Wusstest du schon, dass Anton ihn verlassen hat?*

Bloß nicht über Anton reden.

Was dann.

Einfach über irgendwas.

«Sind alle Berliner Homos eigentlich arbeitslos?», fragte ich, «oder wie geht das, dass hier zweihundert Schwucken montagmorgens besoffen um zwei auf der Straße stehen?» Glaubte nicht, dass das noch woanders auf der Welt so war.

«Sind arbeitslos oder werdens bald», sagte Sven.
«Wenn ich meinen Job kündige, krieg ich auch nie wieder einen.»
«Das Glück, einen Job zu haben, existierte ja auch nur aus der Perspektive derer», ich musste mich wirklich konzentrieren, «die keinen haben, und sonst eigentlich gar nicht.»
«Identifikationsfalle Job», sagte Sven.
«The truth is, every job sucks.»

Pause.
Pause.

«Woran denkst du?»
«An nichts.»

Warum es so komisch war. Sven guckte, aber sagte nichts, sondern sang die zweite Strophe von *Liebe zu dritt*. Er war viel betrunkener als ich.

«Wer schreibt eigentlich mal die schwule Musikgeschichte auf», fragte er auf einmal, «oder singen Schwucken bloß besoffen mit und alle andern sagen, was das soll?»
«Wir sollten ein Manifesto über schwule Popkultur schreiben.»
«Es reicht, wenn wir drüber reden», fand ich, immer noch benommen, nicht besoffen,
«Die Pet Shop Boys haben schon alles gesagt.»

Mir fiel der passende Text für heute Abend ein:

*You dance to disco and you don't like rock**

Mein zweiter Tag ohne Anton war zu Ende.
Der Nachtbus kam in fünf Minuten.
Sven fragte: «Kommst du mit?»
«Ich weiß nicht.»
Dann drehte ich mich um,

Und

Er stand vor mir.

noch nicht kapiert

Er wollte mir was sagen.

Er sprach sonst nie mit mir. Wir konnten gar nicht miteinander reden. Nicht nur jetzt nicht, meine ich, NIE (das war unser Problem gewesen, sagte Sven).

Hatte er seine Meinung geändert?
Hatte er Mitleid?

«Hast du Lust, zum Essen vorbeizukommen?»
«Vielleicht morgen?»

Anton war der einzige Mensch außer meiner Mutter, der beim Kochen eine Schürze trug. Keine Witzschürze mit Witzmotiven drauf oder Kuhohren dran, die überall rumhingen und reinhingen und immer sofort voll gesaut waren. Einfach eine Schürze. Wahrscheinlich wirklich praktisch. Machte nur keiner mehr. Weil es nicht *butch* aussah. War Anton egal.

Anton sang beim Kochen. Anton sang gut. Anton sang besser als ich. Bevor ich Anton kennen gelernt hatte, dachte ich immer, ich würde gut singen. Die Wahrheit war, er sang gut, ich nicht.

Was er alles besser konnte.

Kochen
Singen

Anton, der alles besser konnte. Anton, der immer an alles dachte. Anton, der immer alles für andere machte.

Der alles für mich gemacht hatte.

«Hast du Lust, zum Essen vorbeizukommen?»
«Vielleicht morgen?»

Sagte er diesmal nicht.
Er sagte:

«Du bleibst doch nicht meinetwegen diesen Sommer in Berlin, oder?»
Erst wurde mir schwindelig.
Dann übel.
«Oder hast du es etwa immer noch nicht kapiert?»

aus dem haus

«Ich werde verrückt», sagte ich, als ich allein in meiner neuen Neuköllner Wohnung war, zu Lisas Anrufbeantworter. «Wenn ich in Berlin bleibe, werde ich verrückt.» Ich lief aus dem Haus. Ich wollte nicht allein sein.

Die Häuser waren dieselben, gleichgültig bewegten sie sich nicht und überlebten alle Geschichten.

Doch die Stadt sah jetzt anders aus.
Zerhackte Balkone flogen links und rechts vorbei. Blick, blitzig.

Straßenbeschädigungsschilder.
Abbruchreif.
Lichtschlösser.
Einfallswinkel.
Ausfahrtsstraßen.
Keine Einkehrheime.

Nichts mehr, dunkelste Nacht, nichts war mehr, nichts nachts. Das Sprachhirn platzte. Hirn, Hirn. Dein Hirn jammerte. Die Straße runter, zum Bahnhof schnell. Aufs Männerklo. Hier war es leise. Blickte auf die weißen Kacheln. Da stand geschrieben:

Love is a catastrophe
Look what it's done to me
Brought me down here so low
*Stranded, nowhere to go**

Halluzinierte ich, gings jetzt los?
Du bleibst doch nicht meinetwegen diesen Sommer in Berlin, oder?
Dummer Satz, dachte ich. Dumme Sau.

Keiner liebt mich.

Kein Schwanz hier heut Nacht. Vergessen wir es. Hose zu. Der Spuk war vorbei. Ich fuhr die Rolltreppe hoch und wollte einem fremden Mann auf den Mund küssen. Breit auseinander stehende Augen kamen mir vom Bahnsteig entgegen, ein Grinsen, ein Gaunergesicht. Alle sahen mich an, als wollten sie sagen: Ich küsse nicht.

Schnell auf den Zug. Berliner Sprache, bierbesoffen, Bundeswehr, dazwischen ein hübsches Gesicht. Kindisch treue Augen, Analphabetismus schien hier nicht unmöglich. Wenig Lichtspiegelungen im Abteil. Das Fensterbild zeigt nur noch Dunkelheit. Die Menschen waren müde. Dann hörten sie Musik vom Walkman. Jetzt war Ruhe.

nüchtern

Sven wurde wütend, wenn er schwule Paare sah. Wenn die glücklich waren. Dann lachte er, über die, über sich. Ich wurde nicht wütend. Ich wurde traurig.

Saß allein in der Sauna, ohne Kevin diesmal, ohne Anton. Auf der Bank gegenüber zwei Jungs zusammen, Händchen haltend. Ein Kuss. Als Paar im Dampfbad drin. Alle andern hier allein.

Warum ich nie mit Anton in der Sauna war, nie mehr, nach dem allerersten Mal, als wir uns kennen gelernt hatten, vor drei Jahren, vor einer Ewigkeit.

Wie gerne ich zusammen mit Anton hier sitzen würde.
Wie die zwei vor mir.

Händchen haltend.

Ich will einen Freund, der die gleiche Musik mag.
Ich will einen Freund, mit dem ich zusammen in die Sauna kann.

Die Jungs vor mir im Dampfbad drin, die quatschten nicht über Musik, die redeten über Drogen.

Warum Anton und ich nie zusammen Drogen genommen hatten.

Drogi Nummer 1 sagte erst mal nichts. Dann sagte er was.

«Wo war das noch mal, Mensch, dass die Menschen obdachlos zwischen zwei Bahngleisen hausen, was nicht nur lebensgefährlich aussieht, sondern wirklich so war, wie deutlich wurde, als dem Familienvater ein Körperteil, ich glaube ein Bein, das rechte vielleicht, vom vorbeifahrenden Zug abgefahren wurde.»

Wie?

War das jetzt ein Wortbeitrag zum Thema Drogen? Vielleicht klappte es mit der Synapsenschaltung bei denen vor mir im Dampf drin doch nicht mehr so einwandfrei.

Drogi Nummer 1, konnte mich gar nicht entscheiden, welchen ich jetzt süßer fand, erklärte, was er meinte:

«Na ja.»
«Was der Sinn des Lebens ist.»

Wie?

«Muss man sich ja fragen, wenn man an den beinamputierten Vater der Obdachlosenfamilie zwischen den Bahngleisen denkt.»

Waren die obdachlosen Amputierten augenblicklich eine Allegorie für die existenzielle Krise der pillenwerfenden Berliner Homos oder hatte ich grad den Übergang nicht mitgekriegt?

Mein Gesprächspartner wusste aber nicht, was Allegorie hieß.

«Nee, nicht Allergie, Allegorie.»

Den Unterschied konnte ich grad auch nicht erklären. Schon Kiffen machte blöd, schrieb selbst das Exhippieblatt *Zitty*. Warum war die Pisa-Studie eigentlich nicht schon vor zwanzig Jahren gemacht worden. Dann hätte man vielleicht noch was retten können.

«Also, ich habe kein Drogenproblem.»
«Ich auch nicht.»
«Die paar Jahre.»

«Seit wann du ausgehst.»
«Weißt du was Besseres?»

Der zweite Drogi beteiligte sich hauptsächlich nicht an der Diskussion. Nahm Drogen und quatschte nicht drüber. Ohne quatschen müssen glücklich sein. Darum gings doch.

Ich will einen Freund, mit dem ich Drogen nehmen kann.

Die Drogis fragten jetzt, ob ich jetzt mitwill. In die Kabine zu dritt. *Now you have the chance to become the power bottom that you really are,* hatte Lisa gestern ins Telefon gebrüllt, weil sie glaubte, das würde mir helfen. Die Billigleitung war so schlecht. Erst hörte man gar nichts, dann alles zweimal. *The power bottom that you really are.* In New York, wo ja jeder immerzu ganz genau wissen musste, was er wann wo wollte und wer er wirklich war. Top or bottom. In Berlin hieß das: aktiv oder passiv, oder links oder rechts. Mit den Drogenjungs in die Kabine. Lieber nur zugucken. Den verliebten Jungs beim Sex zugucken.

Dann duschen. Wie lange man eigentlich duschen konnte. Alleine unter der Dusche dachte ich, ist gar nicht so doof, wenn man sterben will, unter der Dusche, wenns nicht gerade so abläuft wie in *Psycho.*

Egal ob links oder rechts, fiel mir ein, als ich das Gym verließ, ich will einen, der mit einem Kaffee von *Starbucks* jetzt hier auf mich wartet und mit dem ich dann Hand in Hand die Friedrichstraße runterlaufe.

Aber ich war allein.
Ich glaube, ich hatte es endlich kapiert.
Ich war jetzt allein.

stadtschönheit

Zurück auf Los. Das Spiel ging von vorne los. Noch einmal von vorne. Los gings: *Tom's, New Action, Mutschmann's,* toller Name, *Mutschmann's.* Die Runde, einmal rum. Ging doch. Ging auch in Berlin. Ging noch eine Weile weiter so, Jungs, paar Jahre weiter so.

Schönes schwules Schöneberg.

Der Mythos Berlin lebte davon, dass man überall immerzu billigen Sex haben konnte. Der beste Grund, um in dieser Stadt zu bleiben, oder der einzige. Ohne Darkroom konnte man ja als Barbesitzer hier gar kein Bier mehr verkaufen. In New York war es genau umgekehrt. Der Mythos New York lebte davon, dass Sex zwar überall versprochen, dann aber verboten war. Wegen der letzten zehn Jahre Giuliani wussten die New Yorker Männer ja nicht mal mehr, wie man sich verhielt im Darkroom drin. Deshalb da keinen hochkriegten. Deshalb superdankbar waren, wenn sie zu Besuch in Deutschland waren und wenns dann doch ging. Sich hinterher bei einem wirklich bedankten. *Thank you.* Wenn das einer zu dir im Darkroom sagte, dachtest du doch, der hatte sie nicht alle.

«Männer haben Sex mit Männern, weil sie nicht mit ihnen reden», sagte Sven.
«Ich weiß nicht.»

Ich wollte weiter.

Im *New Action* sahen alle aus wie ich. Alle andern hatten eine Glatze so wie ich. Sven ging die Biere holen. Ich in den Darkroom. Wie sahs denn heute aus? Zusammen wichsen wollen oder was zu holen? Mit den andern im Raum drin, ich fiel nicht mehr auf. Alles Glatzen hier, Glatzen als Ausgleich gegen alles Ungeglatzte der Umwelt.

*I never dreamt that I will get to be the creature that I always meant to be**

Aber der Darkroom war zu klein. Ich ging.

«Zu anderen Männern ehrlich sein und Sex mit ihnen haben.»
«Mehr will ich nicht auf dieser Welt», sagte ich wieder draußen zu Sven.
Aber er sagte nichts dazu.

Rumstehen, rumsaufen, nichtreden.

«Berlin ist dekadenter als New York», meinte Sven, der

noch niemals in New York war. Dekadent, das Wort kam in meinem Wortschatz gar nicht vor. Das sagte man nur, wenn man letzte Nacht bei der Party nicht dabei gewesen war. Das kannte ich sonst nur aus Zwanziger-Jahre-Texten und hatte noch nie gehört, wie das echt aus echten Mündern rauskam. Ich fragte mich schon wieder, ob er wirklich schwul war.

Aber wirklich war ja jede Bar in New York im Vergleich mit Berlin im Grunde lächerlich. Im *Lure* stehen, wo es keinen Darkroom gab, wo man dafür aber Radiohead hören konnte. Wie sollte man also die Schönheit von New York erklären?
«Bloß nicht *Energie* dazu sagen», sagte Lisa.
Dass man zu den Menschen, die da rumrennen, dazugehörte. Dass man auch einer war. Promiskuität fand in New York am helllichten Tag, auf der Straße statt. Nicht nachts im Keller. Das war der Unterschied. Die Straßen von New York waren sexy. Egal ob man jetzt wirklich Sex hatte oder nicht. In New York fühlte man sich auch ohne Sex immerzu sexy. Immerzu und überall. Lisa nannte das die Risikobereitschaft, die einen dort am Leben hielt. Deshalb war New York auch ohne Darkroom die schwulste Stadt der Welt.

In Berlin musste man warten, bis es dunkel wurde. Dann erst wurde die Stadt schön. Berlin bei Nacht. In Berlin nachts so leben wie sonst nur in New York. Mit Berlin eine Beziehung haben, wie es sonst nur mit New York geht. Eine Beziehung mit einer Stadt, nicht mit einem Mann. Schöne schwule Städte für Sex, nicht für die Liebe. Wo sollen wir dann hin?
Wo sollen wir hin,
wenn es,

wenn es,
wenn es vielleicht um Liebe geht?
Wenn es vielleicht wirklich um Liebe geht.

«Wo sollen wir jetzt hin?», fragte Sven.

Zum Schluss ins *Mutschmann's.* Glatzenabend im *Mutschmann's.* Mein neuer Lieblingsladen. Nicht das *Tom's,* nicht das *New Action,* das *Mutschmann's.* Wegen dem *Mutschmann's* in Berlin bleiben. Immer wieder ins *Mutschmann's.* Heute Nacht mit Sven. Sven hatte keine Glatze so wie ich und alle andern hier. Als Nichtglatze wollte er deshalb mit mir jetzt im Glatzenladen das Glatzenthema anpacken. Wieso Glatze, was die Glatze denn bedeuten sollte. Überhaupt, was wusste ich denn. Mich machte meine Glatze glücklich.

Beim siebten oder achten Bier sagte ich noch irgendwas zum Thema Sexpraktiken. Auf welche Sexpraktiken deuteten denn Glatzen hin. Wollte Sven wissen. Was man sich da vorstellte, die andern, die Nichtglatzen, was die über den Sex der Ganzglatzen dachten.

Wie sich meine Sexpraktiken von denen der andern unterschieden, wusste ich auch nicht, ich hatte ja auch nicht Sex mit allen andern. Mit Sven zum Beispiel nicht. Aber Sven hatte trotz dünnem Kinn so was Ausgeglichenes im Gesicht, was mich immer beruhigte, wenn ich ihn anguckte. Sven war trotz Wildlederjacke kurz davor, sexy zu sein. Ich könnte auch einfach nur sagen: *straight acting.* Reichte manchmal schon. Oder war er sexy, weil er schlau war? Reichte manchmal auch. Auch wenn er nicht mein Typ war. Was wollte Sven von mir? In *Queer as Folk* (britische Version) warteten die besten Freunde bis zum Schluss mit dem Sex. Waren wir da angekommen? Kam jetzt der Sex mit Sven? Konnten wir jetzt endlich ein Liebespaar werden? Hier, heute Nacht, im *Mutschmann's*?

Sven sagte nichts. Vielleicht war ich auch bloß besoffen. Vielleicht fand auch alles nur in meinem Kopf statt. Sven sagte nichts. Was wollte Sven? Und ich? Ich wusste nicht, was ich sagen sollte. Ich verabschiedete mich schnell und verschwand. Allein in den Keller. *Alien Sex* sagt Sven dazu.

Bei *Mutschmann's,* im Keller. Mehrzahl der Männer mit Glatzen.

Ganz fix stellte sich sone große breite Glatze neben mich. Schon an meinem Arm dran, vorsichtig noch, Nippel drücken, weiter runter fassen, los gings, voreinander, aneinander stehen. Glatzen streicheln, den Restkörper runter. Restlos glücklich. Sex von der Glatze aus vornehmen. Von der Glatze her sich den Sex vorstellen. Glatzenliebe. Nach zwei, drei Minuten stellte sich noch 'ne Glatze links daneben. Nicht so supersexy wie der andere, die andere Glatze, aber, soweit ich sah, ein schöner Mann. Dreierkuss und Dreierwichs. Machte noch mal glücklicher. Glücklichsein für drei Minuten. Wie ein perfekter Popsong. So sollte doch mein Leben sein.

Wie ein Popsong.

«Erst wenn ich wieder glücklich bin.»
«Erst wenn ich wirklich wieder glücklich bin.»
«Dann bringe ich mich um.»

+++

Ich bin tot und liege hier im Anzug und roter Unterwäsche und werde im Anzug unter der Erde liegen, bis ich vergammelt bin. Wer vergammelt zuerst, der Anzug, die Unterhose oder ich? Der Anzug, oder? Dann liege ich noch eine Weile ohne Anzug in roter Unterwäsche im Dunkeln. Irgendwann bin ich ganz weg. Weit weg und verschwunden. Sterben allein ein Skandal. Am Ende einfach weg. Im Anzug sterben noch schlimmer. Der Anzug ist zu eng. Er zwickt im Nacken, in der Hüfte und im Schritt.

Ich will in meinen grünen Camouflagehosen hier liegen und nicht in diesem peinlichen Anzug, der noch nach Bewerbungsgesprächenangstschweiß riecht.

Ich bin tot und träume von meinen frisch gewaschenen grünen Camouflagehosen. Ich träume von meinem pinkfarbenen Abercrombie-&-Fitch-T-Shirt. Ich träume von meinen neuen blauen New-Balance-Turnschuhen. Ich träume von meinen weißen Calvin-Klein-Unterhosen. Ich will so aussehen, wie ich immer aussehe, wenn ich für immer verschwinde.

Xanadu*

Ich sing ein Lied, dem ich mich anvertrau
Und ein Glück, mit diesem Trick
Glaub ich fast wieder an alles
Mia*

im bett

Ich hatte gedacht, ich könnte das: zusammen in derselben Stadt, mit meinem Exfreund. Was daran so schlimm sein sollte. Machten alle andern auch so. Berlin war doch groß genug. Außerdem gefiels mir hier inzwischen. Nachts im *Mutschmann's*. Fühlte sich fast so gut an wie New York. Nachts in Berlin endlich die komische New-York-Besessenheit loswerden. Dass man nicht mehr wie alle New Yorker dachte, ein Leben, das gabs nur hier, in New York (aber es stimmte doch, stimmte doch ...). Eine Erleichterung eigentlich, wenn ich ehrlich war. Dass man nun nicht mehr in New York leben musste.

In Berlin leben, wo Anton lebte, obwohl Anton und ich kein Paar mehr waren. Hatte gedacht, ich könnte das. Wie ich mal gedacht hatte, ich könnte in New York leben, *während* Anton in Berlin lebte. Als wir noch ein Paar waren. Ging doch. Als Paar nicht am selben Ort sein. Als Nichtpaar schließlich in derselben Stadt. Ging beides nicht.

Nichts ging mehr.

Das allerschlechteste von allen Zimmern abgekriegt. Ein Bett von beiden völlig unbrauchbar. Auf dem Bett drauf, sank das Bett selbst, sank man auf dem Bett dann ab. Ich konnte mir nicht vorstellen, dass das zweite Bett dem ersten gegenüber irgendwelche Vorteile hatte. Nach einer halben Nacht ohne Schlaf im Attrappenbett kam ich auf die Idee, nun Bett Nummer 2 auszuprobieren.

Irgendwie über den Teppich rüber.

Blau und grün und gelb und braun, was eigentlich mal rot gewesen war. Würde mich nicht wundern, wenn da Würmer lebten. Wenn hier Geschlechtsverkehr direkt auf dem Fußboden stattgefunden hatte. Der Flüssigkeitsverlust der daran Beteiligten vom Boden aufgefangen worden war. Egal was obendrauf geschah, der Boden saugte, immer weiter, alles aufsaugen. Weil ich nicht wusste, wie ich vom Attrappenbett ins wirkliche kam ohne den Boden zu berühren, lag ich noch immer hier. Ich gab meinen Plan auf. Ich blieb im falschen Bett. Ich sank und sank.

Weit weg, alles vergessen. Nicht die Zeit, der Raum half beim Vergessen. Wenn noch nicht genug Zeit vergangen war (Wann war das? Konnte man sich irgendwann darauf verlassen? Wann war so viel Zeit vergangen, dass es nicht mehr *wehtat*?), wenn man selber auf den Zeitverlauf keinen Einfluss hatte, man nicht einfach einen Knopf drücken konnte, wie im Sci-Fi-Film,

fast forward to a few years later,

einen Knopf drücken, die Erinnerung auslöschen, alles vergessen, wenn das nicht ging, musste man abhauen, nicht abwarten. Nicht abwarten, abreisen.

Weit weg.
Seit ich auf dem Attrappenbett absank, war ich mir nicht mehr sicher. Wie wahr das war. Ob Abreisen was half.

«Man muss bei Freunden bleiben», hatte Sven zum Abschied gesagt, «in Zeiten der Krise», hatte er gesagt, «und nicht allein in der Fremde.» Hätte ich noch einen Augenblick gewartet, wäre ich dageblieben. Hätte ich noch einen Augenblick gewartet, hätte er diesmal geheult, glaube ich, nicht ich. Ich gab ihm schnell einen Kuss auf den Mund und war wieder weg.

Allein in der Fremde.

Ich machte das Licht aus und hörte Pet Shop Boys:

*Come outside and see a brand new day the troubles in your mind will blow away It's easy to believe they're here to stay but you won't find them standing in your way**

Bei Morgengrauen hatte das Bett den Boden erreicht.

Unausgeschlafen durch die Straßen rennen und glauben, ich bin in New York.

Ich war wieder in New York.
Ich war aber nicht in New York.

«Obwohl es so aussieht», sagte ich zu Lisa am Telefon, die auch noch nie hier war.

An den See. Einen klaren Kopf kriegen. Am See. Musste mich selbst daran erinnern. Ein See, kein Meer, ein See. Ein See, so groß wie ein Meer. Die Küste wie eine Wiederholung der Lage Manhattans kurz hinterm Atlantik.

«Aber warum Chicago?», hatte Lisa mich gefragt.
«Weil ich an New York nicht mehr glaube.»

«Das sagen alle, die hier wieder wegmüssen.»

Aber seit Anton mich verlassen hatte, glaubte ich nicht mehr an New York. Weil ich fand, dass Anton mich deshalb verlassen hatte. Nicht weil er mich nicht mehr schön fand, das auch, wer weiß, wer weiß, was man schließlich sagt. Aber eigentlich lag es an New York. Er hat mich verlassen, weil ich drei Jahre lang dort geblieben war anstatt zu ihm zu kommen. Weil ich drei Jahre lang lieber eine Beziehung mit New York hatte als mit Anton. *Weil ich ihn drei Jahre lang mit New York betrogen hatte.* Anton hatte sich wegen New York von mir getrennt, in dem Moment, als ich mich wegen Anton von New York getrennt hatte. Ich konnte nicht zurück. Nicht nach Berlin, nicht nach New York.

Als ich das kapiert hatte, waren Kevin und ich, beim Kaffee bei *Starbucks*, alle amerikanischen Städte durch, die uns stimmungsmäßig *nicht* an die DDR erinnerten.

«San Francisco?»
«Wenn wir Rentner sind.»
«Los Angeles?»
«Eigentlich hasse ich Kalifornien.»
«Miami?»
«Weiter.»
«Boston?»
«Langweilig.»

«Chicago?»
«Chicago?»
«Ich war noch nie in Chicago.»
«Chicago ist ein bisschen wie New York ohne New York zu sein», hatte Kevin gesagt und Lisa sagte: «Für mich gibts nur New York.»

Am Ufer vom Michigan-See nicht sehnsüchtig nach Europa blicken. Überhaupt, New York gehört doch zu Europa. Ist doch die Hauptstadt von Europa. Erst in Chicago hatte man Europa hinter sich gelassen. Erst in Chicago war man in Amerika angekommen, dachte ich am ersten Tag in Chicago. Die amerikanischste aller amerikanischen Städte. Wie groß das Land war und wie reich und wie hoch die Häuser und wie schön.

«Good Choice.»

Meinte Kevin, als ich ihm erzählt hatte, dass ich mich für Chicago entschieden hatte. Denn die Männer dort, und darum gings doch, dachte er und grinste dreckig, denn die Männer dort, das waren:

«Macho corn fed beefy stud fucks.»

Kevin hatte sofort verstanden, dass ich wieder wegwill aus Berlin. Ich musste nicht mal das Anton-Argument anbringen. Als Amerikaner hockte er ja auch nicht zu Hause in Boston, sondern lieber auf der andern Seite vom Atlantik. Weil ich den *European lifestyle* (ich weiß gar nicht, was das sein soll) besser finde, sagte Klemmhomo Kevin, der einfach mehr auf deutsche Glatzen stand als auf amerikanische Machos (man könnte auch schlicht Sextourismus dazu sagen) und weit weg von seiner Familie sein Homoleben lebte. Meine Gründe abzuhauen fand ich ehrlich gesagt aber auch nicht besser.

«Aber warum Amerika?», fragte mich der Antiamerikaner Sven.
«Schreiben kann man überall.»

Ich glaube, Lisa und ich waren die letzten Deutschen, die Amerika noch liebten. Ich verstand nicht, warum das nicht allen andern auch so ging. Nach der Wiedervereinigung war doch Amerika für Westdeutsche zur Heimat geworden.

«Hmm», meinte Sven, «ich weiß nicht.»
«Glaubst du wirklich?»

boystown

Auch wenn L. A. inzwischen viel größer war, auch größer als New York (aber L. A. war ja keine *Stadt*), war Chicago *the second city*, gleich nach New York. Es sah so aus wie New York, aber *es fühlte sich nicht so an*. Beim Stadtspaziergang kein Energieschub wie beim New-York-Besuch. Schön, nicht sexy und sehr unschwul. Hatte Lisa doch Recht. New York die einzige amerikanische Stadt, die überhaupt ging.

Übermenschengroße Pfeiler in Regenbogenfarben, die wie das Empire State Building aussehen sollten und im Abstand von zwanzig Metern auf den Bürgersteigen beiderseits der menschenleeren Straße standen: das einzige sichtbare Zeichen, mit dem sich das Homoviertel hier tagsüber zu erkennen gab. *Boystown*, das war kein Witz, der Name war wirklich und auf die Handtücher gestickt, die es bei *Wallgreens* an der Kasse zu kaufen gab. *Boystown* war als Homoviertel so menschenleer wie West Hollywood (niemals, niemals nach L. A.). Mit den Regenbogenfarbenpfeilern bedankte sich die Stadt dafür, dass die Schwulen so gute Geschäftsleute waren. Der Real Estate Market richtete sich schließlich auch immer danach, wo wir gerade hinzogen.

Nach Boystown.
Die Heten kamen jetzt hierher.

Wo waren die Schwulen in der Zwischenzeit hin?

Am zweiten Tag Chicago fühlte ich mich wie der Antiamerikaner Sven. War doch doof hier. Sah man doch. In Boystown sofort sehen, warum es in Amerika gar nicht ging. Meine Zeit war abgelaufen. Ich musste endlich lernen, wie das Leben in Deutschland ging und nicht, weil ich verlassen wurde, gleich wieder das Land verlassen, dachte ich, als ich die öde Homohauptstraße bei Sonnenschein runterlief. Wie eine schwule Version von Disneyland. Gentrification = Disneyfication, wie man am Times Square deutlich sehen konnte, wo die Stricher jetzt weg waren und die Häuser Disney gehörten. Wo Schwule nur noch als Musicalschwule toleriert wurden.

Statt Souvenirläden mit Riesen-Stofftieren und infantilen T-Shirts in allen Größen (wie im wirklichen Disneyland, wo es wirklich Extratage bloß für Schwule gibt) in Boystown an jeder Ecke ein Sexshop, wo, ich schwöre, ausnahmslos Frauen unter einundzwanzig arbeiteten. Public Sex war in den USA zwar hauptsächlich nicht möglich, aber Poppers konnte man in Boystown an jeder Kasse straffrei einkaufen. Durfte man nur nicht Poppers dazu sagen, sondern was, *Jungle Juice* (schon wieder bisschen wie bei Disney). Ähnlich schönredende Strategie wie bei *Starbucks*, wo ich mich jedes Mal mit den Kassenkräften über die Namensgebung der Cup-Größen stritt. Schon der kleinste Becher wurde *tall* genannt, obwohl er *SMALL* war. *SMALL!!!*

Lieber nach Seattle?
Da war auch der Kaffee besser.
Und weiter weg.
Mit Kevin noch mal die Liste durchgehen.

Weil es auf den Straßen so unschwul war, zum Schwulsein in die Bars. Wo sich homosexuelle Menschen auf der ganzen Welt mit andern homosexuellen Menschen trafen. Um was zu tun.

Ein blöder Witz ging so: *Die Letzten in einer Homobar waren immer die Frauen.* Gerade eben auf *Comedy Central* gehört und das Gesicht der koreanischen Stand-up-Comedian Margaret Cho dazu auf der Großbildleinwand gesehen, während ich zusammen mit anderen homosexuellen Menschen in einer Bar rumstand und nervös mit meiner *Jungle-Juice*-Flasche in der Hosentasche spielte. Weil man in Amerika nicht in aller Öffentlichkeit Sex haben konnte, musste man dafür immer umständlich zum einen oder anderen mit nach Hause.

Erst in der Bar mit anderen homosexuellen Menschen zusammen fernsehgucken, bevor es irgendwann woanders weiterging. Wie das dann ging. Wie man jemanden anguckte/angeguckt wurde, wenn alle andauernd auf die Leinwand starrten? Flirten beim öffentlichen Fernsehgucken so schwierig wie nirgendwo sonst. Hätte ich das Geld fürs Poppers auch sparen können. Hätte ich das Geld fürs Flugticket auch sparen können.

Aber zum Ficken fand man immer was, oder? Zum zusammen Fernsehgucken, das war schon schwieriger. Hier wars genau umgekehrt.

Als ich beim vierten oder fünften Wodka Cranberry fernsehguckend an der Bar stand und mich schließlich damit abgefunden hatte, in dieser Nacht wieder allein nach Haus zu gehen, fand ich es ehrlich gesagt ganz lustig, dass das, was man sonst nur doof und heimlich zu Hause machte, FERNSEHGUCKEN, hier öffentlich und ganz ungehemmt zusammen ging. Während die Berliner Homos zum Fernsehgucken zu Hause blieben und nur für Sex die Wohnung verließen, machten die Boys in Boystown das genau umgekehrt.

Nicht zusammen ficken, zusammen fernsehgucken. Homosexuelles Fernsehgucken. Das machte alle glücklich. Keine Depression, Aggression oder Subversion. Das alles nicht. Nur noch fernsehgucken. War das schön. Wir mussten gar nicht zusammen nach Hause. Lieber fernsehgucken. Schwules Fernsehgucken. Supersafersexstrategie.

«Aber auf die Menschen kommt es an», sagte Sven mir am Telefon, als ich morgens um zwei, als die Läden zumachten, betrunken von meinem ersten Barbesuch in Boystown berichtete. Er hatte Amerika noch nie verteidigt. Was war los?

Ich hatte den Verdacht, dass in Deutschland jetzt auch Homosexuelle Herbert Grönemeyer* hörten.

sieht gut aus

Ich hatte die Spielregeln noch nicht kapiert. Wie man hier wen kennen lernte. Wo man dann hinging. Wies dann weiterging, nach Sendeschluss. In Schöneberg gings von allein. Man musste gar nicht drüber nachdenken. Musste nicht noch nachts jemanden besuchen. In Chicago nachts mit Sven telefonieren, weil keiner mit mir mitkam.

«Ich habe Anton beim lesbisch-schwulen Straßenfest in Schöneberg getroffen», sagte er als Erstes am Telefon.

Da wär ich jetzt auch gern, dachte ich, aber sagte nichts.
Warum erzählte er mir das?
Ich wollte es gar nicht hören.

«Er sah gut aus.»
«Bisschen blond, weißt du ja.»
«Aber gut.»

Das wollte ich bestimmt nicht hören.

«Berliner Schwucken hysterisch vom Drogennehmen.»
«Weißt du ja, warst ja hier.»

Bisschen Hysterie in der neuen Umgebung wäre mir gerade ganz lieb, dachte ich und dachte an meine Fernsehnacht in der Bar in Boystown.

«Ich habe ihn gefragt, warum er nicht mit dir gesprochen hat.»

Ich finde dich nicht mehr so schön.
Mein Gefühl ist nicht mehr so stark.
Ich kann nicht mehr.

So isses halt.

Du willst doch nicht meinetwegen in Berlin bleiben, oder?

Oder hast du es etwa immer noch nicht kapiert?

«Ich habe ihn gefragt, warum er nicht mit dir gesprochen hat, aber er hat nicht geantwortet.»

«Er war nicht allein.»
«Ich kannte keinen», sagte Sven.

Anton und Antons Drogenfreunde.

«Er sah echt gut aus.»
Wenn er das noch einmal sagt.

Als Kevin und ich zusammen bei *Starbucks* in Mitte saßen, um meine Amerikapläne zu besprechen, als Kevin von den Männern in Chicago schwärmte,

Macho corn fed beefy stud fucks

und Anton zufällig vorbeikam, nur kurz nickte und dann weiterging und Kevin dann gefragt hatte, wer das denn war. Der sah ja gut aus. Konnte ich gerade gut gebrauchen. Von allen Freunden andauernd erzählt zu bekommen, wie gut mein EXFREUND, mit dem ich drei Jahre zusammen gewesen war und der sich gerade ohne große Worte von mir getrennt hatte, jetzt aussah, während ich in Chicago hockte, ohne Freund und ohne Sex.

Musste ihm ja echt gut gehen.
Ohne dich.

Ohne mich.

Mir gings ja auch gut.

«Antons Drogenfreunde haben sich verabschiedet», sagte Sven.

So genau wollte ich es gar nicht wissen.

«Dann sind wir ins *Mutschmann's.*»
«Und dann ...»

«Ich muss jetzt ins Bett», sagte ich und legte schnell auf. Ich zog die Bettdecke übern Kopf.
Das wollte ich bestimmt nicht hören.
Ohne Freund und Freunde in Chicago.
Ohne Sex.

Während mein bester Freund in Berlin mit meinem Exfreund fickte,
wenn ich gerade richtig verstanden hatte.

homohochhaus

Nachts aus dem Turm auf die Stadt gucken.
Stumm am Fenster stehen und rausgucken.
Von hier oben sah Chicago aus wie eine echte große Stadt.
The second city.

Mit Mark und Carlos aus der Bar nach Hause, ins Homohochhaus.
Einige Homos wollten mehr als fernsehen.
Carlos brachte was zu trinken.
Mark war im Schlafzimmer.
Wo auch der Hund war.
Da war noch einer.
Irgendwo lief der Fernseher.

Saß mit Carlos auf dem Sofa mit Blick aus dem 28. Stock auf Chicago. Was eigentlich der Unterschied war, vom Blick her, zwischen dem 28. und dem 82. Stockwerk, oder wo waren noch mal die Flugzeuge reingekracht? Ich guckte aus dem Fenster und wunderte mich, wie still es hier oben war. Keine Flugzeuge am Himmel heute Nacht.

Zog mir meine Hose runter, wollte an meinen Schwanz.
Guckte mich an.
Von unten.
Meinen Schwanz im Maul.
Der Einzige, der hier nackt war.
Mark kam aus dem Schlafzimmer, wollte was trinken.
«Komm mal her und guck dir diesen Schwanz an.»
«Ich komme gleich», sagte Mark, ging aber zurück ins Schlafzimmer zum Fernsehgucken.
Wo auch der andere Roommate war, mit Hund.
War nicht sicher, ob er die Tür abschloss.
Jetzt war Carlos auch nackt.
Das Poppers so alt, dass es nichts mehr machte, oder war ich bloß so betrunken, dass ich den Unterschied nicht mitkriegte.

Aber die Aussicht war echt schön.

Wenn Wolkenkratzer schwarz waren, sahen sie aus wie Grabsteine. Schon bevor die Türme vom World Trade Center zusammengebrochen waren. In New York waren nur die Trump Towers schwarz. In Chicago die zwei größten Wolkenkratzer: Hancock Center, Sears Tower. Der Sears Tower war das höchste Haus in Amerika. Auch vor dem 11. September schon. Mit Antennen war der Sears Tower sogar höher als die beiden Türme in Kuala Lumpur. Mit Antennen war der Sears Tower das höchste Haus der Welt.

Wollte Carlos, dass ich ihn ficke.
Er ging ins Badezimmer.
Ich wartete auf dem Sofa, bisschen wichsend.
Nebenan lief der Fernseher.
Mark kam nicht.

Carlos setzte sich auf mein Ding rauf.
Ficken ohne Kondom.
«Pass auf», sagte Carlos, aber ich hörte nicht zu.
War ja nett.
Ficken ohne Kondom.
Dann kam Mark und wollte doch oder nicht oder wusste auch nicht.
Hatte seine Unterhose an und zog sie auch nicht aus.
«Guck dir mal diesen Schwanz an», sagte Carlos schon wieder.
Mark nahm meinen Schwanz in den Mund, nur kurz, ging dann in die Küche, holte sich ein Glas Wasser, oder gab es da

noch was anderes, dann wieder da, lutschte bisschen weiter, bevor er wieder im Schlafzimmer verschwand.
Was lief denn im Fernsehen?
Wollte Carlos, dass ich ihn weiterfickte.
Machte meine Augen zu.
Carlos sagte was, aber ich verstand nicht, was, und wir fickten weiter, und plötzlich dachte ich, ich kann ja noch mal kommen, obwohl ich schon heute Nachmittag gekommen war.
Carlos sagte was, aber ich verstand nicht, was.
Mark kam aus dem Schlafzimmer. Ohne Boxershorts, mit T-Shirt an. Kniete sich vor mich, hinter Carlos, der auf mir saß, und sabberte bisschen an meinen Eiern. Sabberte mir bisschen am Arsch, während ich Carlos weiterfickte.
Gab gerade eine Werbepause.
Jetzt war auch der Hund da, guckte zu, war aber still.
Die Aussicht war echt schön.
Carlos und Mark sagten was, hörte nicht, was, und wollte noch mal die Poppersflasche, auch wenn das Zeug schon vergammelt war. Jetzt war auch der Roommate da, sabberte Carlos von hinten am Hals, an den Ohren, dann Zungenküsse tief und fest. Noch mal bisschen Poppers.
Jetzt wollte Mark, dass ich ihn ficke. Ich war ja schon gekommen. Carlos saß noch auf mir drauf. Ich schlief gleich ein. Auf dem Sofa im 28. Stock, mit Blick auf die Stadt. Kann ich bitte auch einen Schluck Wasser haben. Der Roommate brachte mich zur Tür. Jetzt sagte er auch was. Auf einmal sprach er: «Wer nach Chicago kommt, hat schon einen Boyfriend», sagte Manfred zum Abschied, «oder Aids.»

deppen

Fernsehgucken war nicht der Grund gewesen. Die hatten alle einen Boyfriend. Oder waren positiv. Erklärungen für das Barverhalten in Boystown. Deswegen die Neugier der meisten bisschen gebremst. Und ich dachte, das wären einfach nur Deppen.

«Zu langweilig, zu dumm», habe ich zu Sven gesagt.

Was ich in Berlin traf, war nun aber auch nicht gerade die geistige Elite, wenn ich an meine Sauna-Begegnungen dachte.

Sven sagte:

«Die Deutschen sind erst doof, nachdem sie Drogen genommen haben.»
«Die Amerikaner brauchen die nicht.»
«Die sind natürlich doof.»

Warum amerikanische Doofheit trotzdem besser als deutsche war.

Ich sagte:

«Amerikaner sehen trotz Doofheit gut aus.»
«Ich würde sagen, gerade deswegen.»
«Doof und deshalb attraktiv.»

«Echt?»

In Deutschland sahen die Doofen einfach nur aus wie Deppen. In Amerika sahen die Doofen immerhin aus wie Pornostars. Wieso Pornostars überhaupt doof aussehen mussten. Darüber reden wir ein andermal. Jetzt gabs was Wichtigeres.

Mitten in der Nacht. Allein zu Hause. Betrunken.

«Wie wars mit Anton?»
«Neulich.»

Sven lachte kurz, aber sagte nichts. Ich hätte auch auflegen können. Ich wartete einen Augenblick. Sven sagte noch immer nichts.

ERST FICKEN, DANN TRINKEN, SO MACHEN DAS DIE HOMOS.

Dachte ich.
Sagte ich nicht.

«WART IHR FICKEN?»
Sagte ich dann.
Wie betrunken war ich eigentlich.

«You're losing it», sagte Sven, der sonst nie so sprach.
Aber er sagte nicht Ja und nicht Nein.

War ja eigentlich auch egal.

Wollte eigentlich über was ganz anderes reden.
Was ich gerade gelesen hatte.

People are three things:

What they think
Who they love
Whom they fuck

Was Sven dazu dachte.
Aber er hatte schon aufgelegt.

friends

Brauchte ich paar Stimmen im Kopf außer der eigenen, die mir ab und zu mal sagten, wos langging?

Zurück nach Berlin.
Nach New York.

Brauchte ich Prozac wie Sven und alle andern Akademiker und Amerikaner?

Seit ein paar Jahren auf zwei verschiedenen Kontinenten leben. Die besten Freunde nur einmal im Jahr im Sommer oder zu Weihnachten sehen. Dann wieder ein Jahr gar nicht.

Wie das war, als wir noch in derselben Stadt lebten. Jetzt wohnte jeder woanders. Jetzt war jeder allein. Generation Globalization.

Life is what is happening to you while you are planning something else

Hatte vergessen, wo ich das herhatte. Musste mal meine Pet-Shop-Boys-Plattensammlung daraufhin abhören.

Sven und Lisa nur noch vom Telefon kennen, vom e-mailen. Nicht face to face. Weswegen man sich komisch vorkam, wenn wirkliche Freunde einem wirklich gegenüberstanden oder mit in der eigenen Wohnung waren. Dass auch Freundschaften jetzt nur noch virtuell existierten, dass man im eigenen Zimmer in Wirklichkeit am allerliebsten alleine lebte. Welche E-Mails und welchen Anruf man beantwortete. Konnte alles kontrollieren.

Lisa kam zu Besuch aus New York.
Für eine Nacht nach Chicago.
War nicht komisch.
War schön.
War doch schön, oder?
Redenreden stundenlang.

«Ich glaube nicht, dass Anton dich wegen New York verlassen hat», sagte sie.
«Nicht weil du zu lange in New York geblieben bist.»
«Ich glaube, er hat dich wegen Berlin verlassen.»

«Weil er gemerkt hat, dass er auch ohne dich in Berlin glücklich sein konnte.»

Warum verstanden Frauen Schwule besser als Schwule Schwule? Alles, was Lisa sagte, stimmte, alles, was Sven sagte, war falsch. Sowieso: mit Sven sowieso nicht mehr reden.

Mit Lisa: alles sagen, was man nicht am Telefon sagte, musste auf einmal alles gesagt werden. Fühlte sich so an wie 1993. Dann haben wir alte R.E.M.-Platten gehört.

Freunde, die man nicht mehr sah. Neue Freunde, die noch keine Freunde waren. Immer neue Menschen. Keine Zeit mehr zu entscheiden, wer ein Freund wird und wer nicht. Freunde, die erst zu Telefon-Freunden und dann zu E-Mail-Freunden wurden, bevor man sie kennen gelernt hat, die man nicht mehr kennen lernte. Schon wieder wie mit vierzehn: Brieffreundschaften, die vom Versprechen von einem aufregenden Leben handelten. Ein Leben mit Freunden, die man nicht mal kannte. Ein Leben unter Fremden.

«Du musst den Menschen vertrauen», sagte Lisa. Zum Glück waren wir schon wieder am Telefon. Denn fast hätte ich gesagt, oder meinst du lieben, und hätte fast geheult, als ich das fast gesagt hätte. Es kam mir so vor, als wollte sie auch noch was sagen. Aber wir hatten beide schon wieder aufgelegt.

Ich machte den Fernseher an und guckte *Friends*.

Die deutsche Volkskrankheit hieß Depression, die amerikanische Paranoia. Wie paranoid war ich eigentlich inzwischen? Ich rief ihn also an. An Anton dachte er schon gar nicht mehr. Anton hatte er völlig vergessen, sagte er. Ich vergaß es immer wieder, weil ich es mir nicht vorstellen konnte: Sven hatte keinen Sex. Nicht mit Anton, nicht mit irgendeinem anderen. Sven wollte keinen Sex. Sven wollte Freundschaften.

Sven hatte Anton vergessen.
Für heute glaubte ich ihm mal.
Ich wollte Anton auch vergessen und kümmerte mich um meine neuen Freunde.

Mit Mark und Carlos nach dem nächsten Mal auf dem Schlafundsexsofa vom Homohochhaus direkt ins Gym, dann zum Essen zum Near Eastern Food Imbiss nebenan. Mit manchen Schwulen konnte man Sex haben *und* mit ihnen befreundet sein.

Beim Essen darüber reden, mit wem man gerne zusammen in seiner Wohnung war, mit wem nicht so. Nicht nur für eine Nacht, für mal ein bisschen länger. Wen man mal ein bisschen länger um sich haben konnte.

«Einfacher, wenn man schon Sex hatte», sagte Carlos.
«Is this a terrible thing to say?»

Wenn man Sex mit ihnen hatte, störte es auch nicht, wenn

sie Küche und Bad benutzen und verschmutzen. Wenn man nach dem Duschen sofort selber alles sauber machen musste, war schon was falsch, fand ich.
So war das mit Anton zum Schluss.
Wenn man zusammengehörte, gabs keine Scham.
War das nach drei Jahren auch noch so?
Sich annerven, weil man noch nicht sagen wollte,

dass man sich nicht mehr liebt

Können wir jetzt bitte über was anderes reden.

Zu dritt im Pick-up-Truck sitzen und die neue CD von U2 mit dem neuen Lied für den neuen Martin-Scorsese-Film mit Leonardo di Caprio hören. Weil ich gerade gesagt hatte, dass ich sofort zu weinen anfange, wenn ich das höre, und Carlos jetzt sehen wollte, wie ich wirklich weinte. Nicht so laut im Auto war das Lied auf einmal gar nicht mehr so toll, *The Hands that Built America**, und wir redeten einfach weiter, während das Lied alleine zu Ende ging.
«So sentimental hab ich dich noch nie gesehen», sagte Carlos trotzdem, ich wusste auch nicht, warum. Bitte nicht weiterfragen.
Bono konnte singen, was er wollte.
Bono wär mein Lieblingssänger, wär es nicht Eminem.
Mein Eminem.
Emineminem.

Aber heute hörten wir nicht Eminem und auch nicht Bono. Wir hörten Olivia Newton-John und Abba.

Als ich dreizehn oder vierzehn war und der Einzige aus der Klasse, der den Soundtrack von *Xanadu* zum Geburtstag geschenkt bekam, was keiner wissen durfte, der Einzige, der mit Rollerskates alleine im Dunkeln die Fußwege der Neue-Heimat-Siedlung rauf- und runterfuhr, die einzigen Menschen, die ich dann getroffen habe, waren Rentner mit Hunden, die die Hundekacke hinterher nicht aufheben mussten, wie in Amerika, was nicht so schön war, wenn man Rollschuh fuhr und auch sonst nicht, aber daran dachte ja der gehschwache Rentner mit Hund nicht, und weil es damals keine Discmen und noch nicht mal die ersten Sony-Walkmen gab, musste ich immer ganz schnell nach Hause zurück, um alleine im Zimmer wieder die Olivia-Newton-John/ELO-Schallplatte aufzulegen, viermal hinternander *Xanadu* zu hören und dann wieder rauszurennen, um alleine um den Block zu fahren.

Mit Carlos und Mark heute Abend zum Rollschuhlaufen, Rollerskating, Inlineskating. In einer Halle, wo es früher Highschoolabschlussbälle gab, wo schon vor fünfundzwanzig Jahren alle Rollschuh liefen, als Olivia Newton-John Nummer 1 der amerikanischen Charts war. Manchmal liebte ich Amerika. Heute in der hallengroßen Halle lauter Fags und Faghags. Alle zwischen siebzehn und siebzig. Meistens aber dreißig bis vierzig, so wie Carlos und Mark und ich. Und dann gings los: Mit den gerade hier geliehenen Rollschuhen paar Bahnen laufen, zwei, drei Bahnen laufen, kurze Pause, wie das wieder war auf den Rollschuhen drauf, ging noch, noch ein Lied, oder warten, bis das Lieblingslied gespielt wird, warten, bis *Xanadu* gespielt wird, wurde immer gespielt, genauso wie *Dancing Queen**, einziger Nummer-1-Hit von Abba in Amerika.

Nach zwanzig Minuten taten die Knöchel weh. Ab an die Bar, für den Rest des Abends an die Bar. Mit dem Bier an der Bar, das ging. Zugucken, wie die Siebzehnjährigen weiterliefen. Ein paar zogen sich das Hemd jetzt aus. Mit freiem Oberkörper auf Rollschuhen im Kreis zu *I am a Slave for you* von Britney Spears* laufen. Scheißlied. Trotzdem süß, besonders wenn die ohne Hemd erst sechzehn waren, obwohl ich hauptsächlich gar nicht auf so Kleine stand.

Ein Stockwerk höher, Bier trinken, den Kleinen beim Rundendrehen zugucken. Warum das glücklich machte. Die Phantasie, als Dozent mit dem süßesten Studenten in seiner Klasse Sex zu haben: rückwirkende Erfüllung enttäuschter Phantasien eines einsamen Homokindes, meinte Sven.

In den schönsten Jungen der Klasse verliebt sein und dann Hand in Hand mit ihm zu *Xanadu* Rollschuh laufen und nicht nachts alleine um den Neue-Heimat-Block rum durch die Hundekacke eiern. Damals hatte einen das fast umgebracht. Jetzt nicht mehr. Alle Dreißig- bis Vierzigjährigen taten noch einmal so, als wenn sie wieder vierzehn, fünfzehn oder sechzehn wären, und liefen mit den wirklich Sechzehnjährigen zusammen zu *Xanadu* Rollschuh.

Ich musste schon wieder fast weinen.

«Ich habe dich noch nie so sentimental gesehen», sagte Carlos schon wieder.
Ich glaube, das hieß, dass ich glücklich war, wie ich mit Carlos und Mark dasaß und trank und redete, und auch wenn keiner keinen küsste, wir uns auf einmal alle liebten.
Ich brauchte Anton nicht mehr.
Und ich brauchte die Pet Shop Boys nicht mehr.
Das hier war meine Peergroup.

Auf der Rückfahrt saßen Carlos und ich hinten auf dem Pick-up-Truck, während es gerade zu schneien anfing. Es sah so aus, als würden die Sterne vom Himmel fallen.

paare

Waren Mark und Carlos ein Paar?
Seit ich sie kannte, sagten sie:
«Wir trennen uns.»
War schon ein paar Wochen her, aber sie sagten immer noch, «wir trennen uns».

Kannte sonst gar keine, die so lange zusammen gewesen waren, egal ob jetzt schwul oder unschwul. Waren zusammen, seit Carlos neunzehn war und Mark zweiundzwanzig. Obwohl es so aussah, als sei es andersrum. Zehn Jahre später hatten Carlos und Mark Manfred getroffen. Eigentlich hatte

Carlos Manfred getroffen. Dann waren Carlos und Manfred und Mark zusammen. Zu dritt zusammen, wohnten im selben Apartment zusammen. Jeder hatte ein eigenes Zimmer, mit eigenem Bett. Nur Manfreds Bett war im Wohnzimmer. Mal schlief Manfred bei Carlos und mal bei Mark. Mal schlief Carlos bei Mark oder Mark bei Carlos. Manchmal schliefen alle drei im Wohnzimmer.

Nach drei Jahren zu dritt haben sich Manfred und Mark wieder getrennt. Manfred und Mark waren nicht mehr zusammen und so waren auch Carlos und Manfred und Mark nicht mehr zusammen. Manfred war mit Carlos zusammen, der mit Mark zusammen war, der nicht mehr mit Manfred zusammen war. Carlos war noch immer mit Mark und Manfred zusammen, aber die beiden nicht mehr miteinander.

Homos waren auch nicht besser als Hippies.

Wenn sich Mark und Carlos jetzt trennten, wie sie beide immerzu sagten, war Mark mit keinem mehr zusammen. Dann war Mark Single.

Jetzt sagte Carlos, dass er auch nicht mehr mit Manfred zusammen sein wollte. Carlos wollte nicht mehr mit Mark und auch nicht mehr mit Manfred zusammen sein. Keiner war mehr mit einem der beiden anderen zusammen und Carlos und Mark und Manfred waren nur noch Roommates. Überhaupt schwer zu sagen für Schwule, was der Unterschied zwischen Boyfriends und Roommates sein soll.

«Ich gehe nach New York», sagte Carlos am Morgen nach unserer Nacht auf der Pritsche vom Pick-up-Truck.
«Kommst du mit?»

messy

Ich hatte noch nie ihre Wohnung gesehen. In dieser Stadt besuchte man sich nicht. Man trifft sich immer woanders.

In Lisas Küche stand ein Foto von Lisa und ihrer Schwester und ihrer Mutter. Drei Lesben, dachte man, wenn man das Foto sah. Drei deutsche Lesben. Obwohl, Lesben musste man eigentlich gar nicht mehr sagen, weil man schon deutsch gesagt hatte. Phänotypisch allein war keine Unterscheidung zu treffen, wie eine bei Schwulen beliebte Webpage behauptete. Während Lisa in Deutschland mit ihrer lesbischen Familie in Wuppertal Weihnachten feierte, gab sie mir ihr New Yorker Apartment. Wieder in New York, fiel mir ein, warum man mal irgendwann hierher wollte. Meine drei Gründe heute Morgen:

1. Die ersten beiden Madonna-Platten*
2. *Fame* mit Irene Cara*
3. *Der Fänger im Roggen* von J. D. Salinger

Holden Caulfield, Held von *Der Fänger im Roggen*, rannte

Heiligabend alleine durch Manhattan, weil er sich nicht nach Hause traute, weil er gerade das dritte oder vierte Mal von der Schule geflogen war. Alleine durch New York, wenn es schneite, wie jetzt, statt zusammen mit der Familie im Wohnzimmer unterm Weihnachtsbaum, wo heute Abend nur mit gedämpfter Stimme gesprochen wurde.

Auch nicht mit Sven und seiner Peergroup den ganzen Abend dicht beieinander in Ostberlin vor dem Ofen hocken und schon am frühen Nachmittag betrunken sein und nicht zuhören, wenn die andern die ganze Zeit über Ichweißauchnichtwas redeten, während man stumm auf der kalten Pasta kaute, weil es hier nix anderes als billigen Nudelsalat gab. Auch nicht in die schwule Kirche in Midtown zur Mitternachtsmesse, um auf den Reihen davor oder dahinter noch schnell jemanden für die Nacht zu finden.

Lisa feierte mit ihrer lesbischen Familie in Wuppertal.
Sven mit seiner Peergroup in Ostberlin.

Ich war mit Carlos in New York.

Lisa wohnte in einem Studio mit Blick auf Washington Square Park. Man konnte die Tür zumachen, wenn man aufs Klo ging. Es gab noch eine Kleiderkammer zwischen Klo und Tür zum Klo. Aber der Rest der Wohnung war ein einziger großer Raum. Nicht so schlimm war, dass die Küche zum Zimmer mit dazugehörte. In New York kochte ja sowieso keiner zu Hause. Schlimmer fand ich, dass Lisa keinen Keller hatte.

Es war nämlich *nicht* so, dass nur Männer *messy* waren. Der Großteil des Studios war einfach nicht benutzbar, weil Lisa den Raum als Abstellplatz brauchte. Umzugskartons, die da standen, seit Lisa vor sieben Jahren hier eingezogen war. Schuhkartons und, was mich am meisten wunderte, haufenweise Plastiktüten. Weiße Einkaufsplastiktüten ohne Werbung, voll mit Papierkram, eine neben der anderen.

Vielleicht war das Problem nicht, dass es hier keinen Keller gab. Das Problem lag bei Lisa. Kam gerade nicht drauf, wie die Neurose jetzt hieß. Wenn man nichts wegwerfen konnte.

Ich wusste nicht, dass Lisa Geheimnisse vor mir hatte.

Zwei Stunden später entdeckte Carlos, dass das Abstellen von scheinbar überflüssigem Zeug, ich könnte auch einfach nur sagen *Müll*, dass das Deponieren von Müll im Zimmer durchaus organisiert war. Die Mülldeponie in Lisas Apartment hatte System. Carlos kam als Erster drauf, dass die Mülltrennung hier im Raum nach strikten Regeln funktionierte. Dass der Müll thematisch sortiert worden war. Schließlich war Lisa nicht bloß aus Deutschland, sie war von Beruf auch Bibliothekarin.

Es gab die Heimatecke mit Heimatmüll, wo nicht nur Ansichtskarten, sondern auch Souvenirs standen. Schnapsgläser mit kleinen bunten Bildern aus Wuppertal. In der Heimatecke lagen auch weitere Fotos von Lisa und ihrer lesbischen Familie in und unter der Wuppertaler Schwebebahn.

In der gut sortierten Heimatmüllecke gab es außerdem eine Plastiktüte mit Reiseführern über Wuppertal und Umgebung. Welche Wanderungen man im Bergischen Land machen konnte. Warum man Reiseführer von der Stadt, aus der man kam, brauchte, verstand ich auch nicht.

Bevor ich diese Frage aber beantworten konnte, hatte Carlos schon das nächste Müllsortiment entdeckt. Neben dem Heimatmüllberg war der Dritte-Welt-Müllberg. Afrikanische Kunst, die Lisa bei irgendeinem billigen Trödel in Manhattan gekauft hatte. Bilder von dicken schwarzen Frauen mit dicken schwarzen Brüsten. Ich wusste jetzt nicht, ob dieser Ankauf als solidarische Geste mit den schwarzen dickbrüstigen Frauen zu deuten war oder ob es da noch verborgenere Motive gab. Mental Note machen: Mit Lisa noch mal das Lesbenthema anpacken.

«Lisa braucht eine Typberatung», sagte Carlos.
«So was wie *Queer Eye for the Straight Guy*, nur für Apartments.»

Direkt neben der Dritte-Welt-Abteilung waren die schwulen Souvenirs abgestellt. Lisa besaß nämlich sämtliche Spielfilme mit schwuler Thematik, die im letzten Jahr auf DVD rausgekommen waren. Die Hälfte davon hatte ich auch noch nicht gesehen. Aber Lisa hatte schon alles gesichtet und alphabetisch in ihrer Homomüllecke aufgestellt, gleich neben dem Glas mit den Kondomen und der Gleitcreme. Daneben fand Carlos eine Tüte mit Gummihandschuhen (Standen Lesben auch auf Fisten, oder hatte Lisa noch mehr Geheimnisse?).

Keine Gummihandschuhe, aber Kondome und Gleitcreme waren als kleine Aufmerksamkeit für die schwulen Gäste auf dem frisch bezogenen Bett deponiert worden.

Carlos guckte mich an. Wir fingen beide an zu lachen.

++++

Warum man nicht ganz allein beerdigt wird. Wer eigentlich denkt, dass wer dabei sein soll. Warum noch mal so viele Menschen kommen. Woher wer wissen will, wer kommen soll.

Seite für Seite durch mein Adressbuch durch. Den Unterschied zwischen einem Trick und einem Ex-Lover kann man nicht erkennen. Was, wenn sich die, die im Adressbuch stehen, noch nicht kennen und sich auch nicht kennen sollen? Wie mit Überraschungspartys zum Geburtstag. Ich hätte schon gesagt, wenn ich eine Party haben will. Ich hätte schon gesagt, wenn ich eine Beerdigung haben will.

Die Hälfte, die hier sitzt, hab ich seit zwanzig Jahren nicht gesehen. Der Teil der Verwandtschaft, der noch nicht vor mir gestorben ist. Wirtschaftswunderdeutsche mit künstlichem Hüftgelenk, Alzheimer, Haus in Spanien.

Was wollen sie?

Die gleiche Frage habe ich mir vor zwanzig Jahren auf der Beerdigung meines Vaters gestellt. Während ich mit meinem besten Freund für einen Joint auf dem Kinderspielplatz der Neue-Heimat-Siedlung verschwunden bin und er mir zum Gefallen an diesem schwierigen Tag ein bisschen mit mir rumgeknutscht hat, obwohl er gar nicht schwul war, saß die verfettete Verwandtschaft im übergroßen Wohnzimmer, wo hundert bis hundertzwanzig Leute reinpassten, je nachdem, wie fett sie waren. Als wir bisschen benommen, ich mehr vom Kuss als vom Joint, vom Spielplatz zurückkehrten, war der Teil der Gäste aus der Stadt leicht angeheitert. Die Landbevölkerung war hemmungslos betrunken.

Meine Freunde auf meiner Beerdigung bleiben nüchtern.

Lisa und Sven.

Wo ist Carlos?
Wo sind Mark und Manfred?

Come into my World*

I saw him approach
Wearing a most approachable grin
Pet Shop Boys*

the night I fell in love*

«What do you wanna do tonight?»
«Hang out.»

In meiner Wohnung in Chicago, in der viel zu großen Küche, vor der viel zu kleinen Anlage. Eine kleine Anlage haben. Haben sich alle dran gewöhnt. Ghettoblaster durfte man nicht mehr sagen, weil Ghetto diskriminierend klang. Boombox fand ich auch ein prima Wort. Die gar nicht so gut klingende Musik aus der billigen Boombox statt einer *Bang & Olufsen* oder *Kenwood* oder irgendeiner anderen achtziger Marke, die damals die *Philipps*-Kompaktanlagen abgelöst hatte. Oder gabs die alle gar nicht mehr inzwischen? Das Tolle an der großen Küche, die ungefähr die Größe meiner halben Wohnung hatte, dass man durch den Nichtgebrauch des Großteils der Küche da rumstehen konnte, als wären wir in einer Bar zum Beispiel.

Wir tranken die zweite Flasche Rotwein zusammen.
Zwischen zwei Schlucken einen Kuss.

Neulich, wo wir so besoffen gewesen waren, dass es mit dem Sex fast nix mehr wurde, machte nix, hatten wir am nächsten Morgen nach noch zweimal Sex noch zwei Stunden über Madonna geredet. Das konnte ich sonst nur mit Sven. Zwei Stunden, und zum Schluss hattest du mir erzählt, dass du beim Karaoke-Wettbewerb in Minneapolis *Material Girl* auf der Bühne gesungen hast und der kleine Gym-/Surfer-/Punk-Dude aus der ersten Reihe fand das so toll, dass er

gleich mit dir nach Hause mitkam, obwohl es sein allererstes Mal mit einem Mann war.
Ich fand dich auch toll, wenn du nicht auf der Bühne standst und *Material Girl* sangst.
Heute Abend sangen wir nicht selber, sondern spielten alle unsere Lieblingslieder, während wir die zweite Flasche Rotwein alle machten.
Manchmal hast du gesagt, was du hören wolltest, und manchmal ich.

*Music for Boys**

Habe selbst noch nie das Wort *Soulmates* benutzt. Teenagerwort aus der Teenagersprache und dem Teenagerdenken. Aber immer wenn du was ausgesucht hast, wars auch mein Lieblingslied, und immer wenn ich was aussuchte, sagtest du

«Good choice.»

Und gabst mir einen Kuss.

Lieblingslied von allen beiden von den Pet Shop Boys: *Being Boring**.

rewind

«I would say it's an health issue.»
Hatte Carlos gesagt.
Als er dich das erste Mal sah und sah, wie ich dich ansah.

Bist du toll.

«What's your name?»
«Jack.»
«And yours?»

«Felix + Jack.»

Tanzen. Saufen. Küssen. Sex. In der allerersten Nacht, nachdem ich mit Carlos von unserem New-York-Ausflug zurückgekommen war und bevor wir beide in meiner Küche zusammen Pet Shop Boys gehört hatten.

«Felix + Jack.»

Warum fand ich immer die toll, die positiv waren, seit Anton sich von mir getrennt hatte?
Waren alle schönen Schwulen zwanzig Jahre später plötzlich positiv?

Oder war Carlos bloß eifersüchtig?

Wer wollte wirklich Sex mit Positiven? Erst mal sagten alle, macht doch nix. Sagte selbst das so genannte liberale Hirn, selbst wenn es vom Ficken sprach, sogar vor allem dann. Denn vom Schwulenfick zu sprechen hieß fürs liberale Hirn, da fick ich selbst nicht mit. Liberal hauptsächlich als Synonym für heterosexuell. Deshalb durften von liberalen Heten beim Thema Schwulenfick ungefährdet die radikalsten Meinungen vertreten werden, was auch das Hirn des Liberalen ab und zu mal brauchte, um sich so richtig liberal zu fühlen.

Allererste Nacht. Schliefen im selben Bett zusammen, die ganze Nacht zusammen. Du hattest deine Socken angelassen, nicht weil deine Füße hässlich waren oder so stanken, wie die von Anton. Weil dich beim Schlafen das Geräusch, wenn sie aneinander reiben, störte,
Hattest du gesagt.

Sag mir bitte, du bist nicht positiv, dachte ich, als ich einschlief. Denn wenns so weiterging, war ich morgen früh verliebt. Deshalb nicht daran denken, dass ich dachte, dass du positiv bist.

Am nächsten Morgen, als ich aufwachte, als du meinen Schwanz im Mund hattest, sagte ich:
«Wir müssen vorsichtig sein.»
«Ich bin *nicht* positiv.»
Sagte ich,
«Soweit ich weiß.»
Sagte ich noch hinterher, damit es nicht so faktisch blöde aufgesagt klingt.
Dass jetzt jeder hier auf der Stelle seinen Status gestehen musste.

«Ich bin nicht positiv», sagte ich und sah dich an und du sagtest:
«Ich auch nicht.»

Du hast gesagt, du auch nicht.
Und sahst mich auch an.

Wenns jetzt eine Lüge war.

War so verliebt, dass es mir egal war, ob du positiv warst oder nicht. Wenns eine Lüge war, war ich dir dankbar. Ohne Lüge wär das nicht passiert, glaube ich, glaube nicht. Bisschen lügen, damit ich genug Zeit hatte, mich zu verlieben.

Sonst war das egal.
Jetzt nicht.

Ich wollte mich verlieben.

Every moment with you is exciting, not just the sex.
Every moment is as exciting as sex.

Ich wollte mich ja auch nicht verlieben, *weil* du positiv warst oder *obwohl* du positiv warst.
Ich wollte ja, dass das mit dem Verlieben nichts zu tun hatte.

I feel like *alive* when I am with you.

Warum man sich nicht verlieben konnte, wenn man wusste, dass der andere positiv war.

Bisschen komisch, aber wahr: weil verliebt sein bedeutete, man war unsterblich.
It's an health issue.
Du hast gesagt, du auch nicht.
Hatte Carlos doch Recht.
War Carlos eifersüchtig.

Als ich Lisa fragte, was ich jetzt machen soll, sagte sie, es wäre jetzt meine Entscheidung.

Ob ich dir glaube.

Später holte Lisa ihr Orakelbuch raus.
Das Orakel antwortete:

«Wir werden glücklich sein.»

was liebe heißt

Konnte es sein, dass es bisher noch gar nicht so war? Dass ich bis jetzt noch nicht wusste, was das war. Was das hieß: LIEBE. Dich anrufen und dir, wenn du nicht da bist, sagen, dann auf deine Mailbox sprechen und dir sagen,
ich wollte nur sagen,

I love you

Vielleicht wusste man von alleine gar nicht, was das war. Vielleicht lernte man das erst, wenn da einer war, mit dem man das wollte und mit dem das ging. Wissen, wie das mit der Liebe ging. Von dir lernen, wie das ging. Mit allen andern hatte ich das nicht gelernt. Warum nicht, ich wusste es nicht. Es war nicht so. Ich dachte nur, ich wollte. Ich wollte gerne. Dass es so war und dass ich wen liebte. Es war nicht so.

Jetzt war es so.

Was mit wem ging und was nicht und was mit einem ging und nicht mit einem anderen. Wusste man vorher überhaupt nicht, half das eigene Wissen vorher überhaupt nicht weiter.

Wenn ich wen liebe, hieß das,
ich weiß, wir werden sterben.

«Quatsch», sagte Sven.
«Du machst es wie jeder anständige Homo.»
«Einen neuen Mann, um den alten zu vergessen.»
Shut up.

küchensex

Wie in einer Bar. Sex in der Küche, wie in einer Bar. Was sonst nicht ging. Nicht wenn ich verliebt war. Man kam nach

Hause, legte sich ins Bett, las sich was vor, oder erzählte Gutenachtgeschichten. Licht aus. Hauptsächlich Keinsex. Schon gar nicht zu Hause (wie mit Anton).

Mit Jack nachts nicht auf irgendeiner Sexparty, sondern zu Hause in der Küche rumstehen und rummachen.

Einer holte das Poppers aus dem Eisfach.
Haben die Stiefel angelassen.
Hose runter.
Beim Beinanderstehen bisschen abwichsen.

In den Pornos von *Titan Media* kamen die Männer immer zweimal.

Meinen Schädel gegen deinen Schädel.
Ich hau mit meinem Schädel gegen deinen Schädel.

In den Pornos von *Titan Media* fickten sich die Männer gegenseitig.

An den Nippeln saugen, in die Titten beißen.
Nippeldrücken.
Noch fester.
Vor dir knien, am Sack lecken.
Auf dem fetten Schwanz rumkauen.
Mit der Latte ins Gesicht.

Rotz mich an.

Die Jacke blieb an.
Mit Bomberjacke an umarmen.
Glatzen ablecken.

Anrotzen.

Und umdrehen.
Mit der Glatze in den Arsch.
Mit der Glatze ficken.
Sich dann auf die Fresse raufsetzen.
Arschlecken.
Stiefel ausziehen.
Füße ablecken.

Rotz mich an.
Mit meinem Schädel gegen deinen Schädel.

Wer fickt wen?

Du mich.
Dann ich dich.
Dann wieder von vorne.

Wie viele allein aus Angst strictly top waren, war meines Wissens auch noch nicht anständig diskutiert worden.

Wenn wir zusammen die Straße runterliefen. Wenn es so aussah, als hätten wir als Homos ab jetzt auch ein Naturrecht, als Paar herumzulaufen. Als gehörten wir natürlich zusammen. Als wäre es nur natürlich, wenn man den, mit dem man gerade zufällig Sex hatte, am nächsten Morgen allen andern zeigte: So sieht er aus, mein Fick von letzter Nacht. Abstoßend, weils auch nichts anderes war, als was die Heten machten. Nur noch mit Kindern. Wenn sie in aller Öffentlichkeit zeigten, dass sie nicht nur glücklich waren, weil sie gerade Sex hatten, wie wir, sondern außerdem auch noch *fruchtbar*. Darauf stolz sein. War das doof.

Ich war aber stolz.

I am in love with you
Do you think it shows
Everyone knows when they look at us
*Because they do it must be obvious**

«Ich mag noch immer nicht alleine einschlafen», hatte mir der achtzigjährige Homoopi neulich im Café erzählt, wo ich immer schreibe. Schlief neuerdings auch überhaupt nicht mehr, wenn nicht Jack neben mir lag. Neben mir im Bett jetzt einer, den ich überall mit hinnahm. Dass Menschen das mögen. Zusammen sein. So wie die schwulen Pinguine im Zoo vom Central Park.

Was von Carlos kam:

«Der ist creepy.»

What?

«Hast du selber gesagt.»

Genau einmal. Hatte ich gesagt, weil Jack mich so ansah, bevor ich mit ihm gesprochen hatte, dass ich Angst hatte, bevor ich mit ihm gesprochen hatte, wovor, ich weiß nicht. Entweder sie langweilten mich oder ich hatte Angst.

Creepy.

Nein.
Nicht.
Nicht mehr.

Deswegen fand ich es nicht so super, wenn Carlos das immer noch sagte.

«Der ist creepy.»
Carlos, und das ist schon mal seltsam, sagte es nicht nur einmal, so wie ich es einmal und nur zu ihm gesagt hatte, sondern sagte es mehrmals, ich glaube, insgesamt dreimal, und zwar nicht nur zu mir, sondern zum Beispiel zu Mark.
Sagte Mark mir.

Carlos sagte dann auf einmal auch, das fand ich noch seltsamer, dass wir ja damals Jack *gemeinsam* gecruist hatten.

Wusste er nicht, was er sagen sollte, weil er nicht wusste, wie verliebt ich war, oder sagte er es, *weil* er wusste, wie verliebt ich war? Egal warum. Alles, was er sagte, war falsch.

Dass wir Jack gemeinsam gecruist hatten. Sagte Carlos laut und deutlich.
«Der ist unsicher», sagte Jack und grinste und gab mir einen Kuss.

Ich hatte Jack gecruist. Carlos stand daneben.
Jack gehörte zu mir und nicht zu dir.
Wer was anderes sagte, der log.
Wieso Carlos log.

Carlos fand Paare doof und dachte, wenn er nicht nur sagte, dass er dabei gewesen war, als wir uns kennen lernten, sondern dass er sogar mitverantwortlich dafür war, dass eigentlich wir alle drei (wo war Mark?) uns damals gemeinsam kennen gelernt hatten, *gecruist* (wie gesagt, eine glatte Lüge), dann waren wir ja in Wirklichkeit kein Paar.

Wieso man kein Paar sein sollte eigentlich.

«Die allerbesten Freunde wollen das nicht», sagte Jack.

Als er das zum ersten Mal sagte, dachte ich, er ist paranoid. Inzwischen glaubte ich, dass Jack mit seiner Paranoia aber ab und zu auch Recht hatte. Homos wollten nicht, dass andere Homos als Paare rumliefen. Weil wir als echte Homos immer mit allen Sex haben können müssen anstatt zu zeigen, jetzt nicht. Jetzt nicht mehr. Ab jetzt nur noch mit dem, den du gerade vor dir, mit mir, auf der Straße siehst. Am Valentinstag, wenn wir Hand in Hand zusammen frühstücken gingen. Das fanden alle andern eine Beleidigung. Wenn sich Promiskuität von Mitgliedern von Homopaaren auf Zu-Hause-Pornogucken und vielleicht mal bisschen Duschsex im Gym beschränkte. Waren alle sofort beleidigt. Carlos zum Beispiel. Ob jetzt als Paar oder nicht, Carlos kam nie allein. Aber man selber durfte nicht zu zweit kommen, sonst kriegte er sofort schlechte Laune.

Wie böse er aussah, wenn er Jack und mich zusammen sah.

«Wir müssen ihm dringend die Augenbrauen stutzen», sagte Jack.
«Man möchte nicht wissen, wie es mit dem Haarwuchs am Rest des Körpers aussieht.»
«Nächstes Mal bringen wir ein Haarentfernungspflaster mit.»
«Du lenkst ihn ab.»

ich auch nicht

Am ersten Morgen nach der ersten Nacht, als wir zum Sex nicht mehr zu besoffen gewesen waren, als ich gesagt hatte, wir müssen vorsichtig sein, ich bin nicht positiv, als er gesagt hatte, er auch nicht.

«Ich auch nicht.»

Hatte trotzdem nicht aufgehört, daran zu denken. Weil er es so schnell gesagt hatte. Weil er es so gesagt hatte, als wenn er es schon oft genau so gesagt hätte.

Ich hatte auch gefragt, weil er so aussah. Jack sah ein bisschen so aus, als wenn er positiv war. Wenn er müde war oder zu viel getrunken hatte oder mich nachts im Bett anguckte.

Wie einer aussah, wenn er positiv war.
Als Schwuler wusste man, wie einer aussah, wenn er positiv war. Alle wissens, keiner sagte was. Wenn ich die andern im Gym sah, die so aussahen, als wenn sie positiv waren, dachte ich, dass Jack positiv war.
Nicht wegen der Haut.
Den Beinen,
Dem Bauch,
Dem Nacken.

Wegen seinen Augen.

You can see the fear

Was sollte ich sagen, nachdem er gesagt hatte, dass er nicht positiv war.

«Ich auch nicht.»
Jemandem zu sagen, du siehst aber so aus, fand ich nicht so nett.

Jemandem zu sagen, ich bin nicht positiv, wenn man positiv war, fand ich allerdings auch nicht so nett.

Wieso musste ich was sagen, wieso sagte er nichts. Abends, als ich im Badezimmer stand, als er schon im Bett lag und ich aus dem Badezimmer raus mit diesem Text kam, der so klang wie von meiner Mutter, wenn sie früher die Sprüche der deutschen Aids-Hilfe mitgeschrieben hatte, als sie zur besten Sendezeit im Vorabendfernsehprogramm liefen. Später hatte sie sie dann von ihrem Schmierzettel abgelesen, wenn sie sich von mir am Telefon verabschiedete:

«Gib Aids keine Chance»,
sagte sie und ich hatte mir immer vorgestellt, wie sie in diesem Augenblick am anderen Ende der Leitung die linke Faust hob oder vielleicht sogar alle beide und dabei den Hörer unters Kinn klemmte:
«Gib Aids keine Chance!»
«Toi! Toi! Toi!»
Sagte ich zu Jack schließlich nicht,
Sondern sagte, auch nicht gelungener als die Kommunikationsversuche meiner Mutter,
«Haben wir eigentlich schon über HIV gesprochen?»
Und er sagte: «Ja, haben wir.»
Das war alles.
So als wenn es entweder gar kein Thema wäre, und warum ich denn damit nervte, warum ich denn so blöde war,
is that a German thing?
Killerargument,
oder so, als wäre er selbstverständlich positiv, als wäre alles

klar und als gäbe es keinen weiteren Kommentar zum Thema. Aber es gab was zu sagen, wenn er positiv war, wenn er noch nichts dazu gesagt hatte, sondern genau das Gegenteil,

Ich auch nicht,

Ich konnte nichts weiter sagen und hoffte, dass er was sagen würde.

Aber er sagte nichts.

Ich stand mit dem Mund voll Zahnpastaschaum im Badezimmer wie ein Vollidiot, der keine Ahnung hatte, keine Peilung, überhaupt zurückgeblieben war. Ich schaffte es nicht. Ich schaffte, schaffte, schaffte es nicht, ihn einfach zu fragen:

Bist du positiv?

Weil ich Angst hatte, was er dann dachte, wenn ich das dachte.
Weil ich Angst hatte, dass es so war.
Weil ich Angst hatte, dass es wahr war, dass Jack positiv war.

Was dann.

Ich kam aus dem Badezimmer, Jack guckte mich an, sagte aber nichts, gab mir einen Gutenachtkuss und wir machten das Licht aus und schliefen Arm in Arm ein. Am nächsten Morgen dachte ich an den ersten Satz von dem Morgen nach der ersten Nacht,

Ich auch nicht.

angelogen

Warum er die Badezimmertür morgens zumachte, auch wenn er nicht aufs Klo musste.
Warum er morgens immer dreimal hintereinander aufs Klo musste.
Warum er jedes Mal eine Reisetasche mitbrachte, wenn er nur für eine Nacht blieb.

Was alles in der Tasche war, wenn er bei mir schlief.

Ich schlief nie bei Jack.

Als ich das erste Mal bei ihm übernachtete, guckte ich morgens im Badezimmerschrank nach, ob ich Medikamente fand. Ich wusste gar nicht, wonach ich guckte. Wie HIV-Medikamente aussahen oder hießen. Was da draufstand. Ich konnte sie nur daran erkennen, dass ich etwas fand, was ich nicht kannte. Ich mich wie ein Dieb fühlte, wie mich das deprimierte, was ich gerade machte. Im Badezimmerschrank meines neuen Boyfriends nach HIV-Medikamenten suchen.

Ich fand keine Medikamente.

Das nächste Mal, als ich bei ihm schlief, sah ich eine Packung *Immodium* im Spiegelschrank über dem Waschbecken. Immodium war ein Medikament gegen Durchfall. Mein Freund nahm Medikamente gegen Durchfall.

Na und?

Beim Frühstück bei Jack sah ich, dass an seinem Kühlschrank ein Rezept für *Androgel* klebte. Androgel war ein Testosteronpräparat. HIV-Patienten nahmen Testosteron, weil die Protease-Hemmer Fett abbauten und davon die Arme und Beine dünn und der Bauch dick wurden. Drei Freunde von mir in New York nahmen Testosteron. Zwei waren positiv und einer wollte einfach nur mehr Muskeln.

Warum Jack Testosteron nahm.

Zu Hause online gehen, nach einer Seite suchen mit Informationen über HIV. Über Erfahrungen von HIV-Patienten mit Androgel.
Nebenwirkungen von HIV-Medikamenten.
Fühlte mich wie beim Gucken von einem Tatort, den ich nicht mochte, aber den Fernseher nicht abschalten konnte.
Durchfall.
Kopfschmerzen.
Hautjucken.
Wenn Jack sich nachts neben mir im Bett am Rücken kratzte. Ich ihm half, er sich umdrehte und mir einen Kuss gab.
Meine Tylenol waren alle.
Weil Jack nicht nur Kopfschmerzen hatte, wenn wir mor-

gens vom Saufen nach Hause kamen. Eigentlich jeden Morgen.
Ich saß allein vorm Computer.
Draußen war es grau, dann war es dunkel.
Dann war ich mir plötzlich sicher.

Jack hatte mich angelogen.
Er hat mich einfach angelogen.
Jack war positiv.

warum fragst du

Wir lagen im Bett zusammen und guckten Fernsehen zusammen. Dann war der Film vorbei, vergessen, was es war, ich konnte mich nicht konzentrieren. Jack wollte mich küssen, aber ich nicht. Ich konnte ihn nicht küssen ohne daran zu denken, dass er positiv war. Ich wusste nicht, was ich jetzt sagen sollte. Ich musste jetzt was sagen, was sollte ich denn sagen, jetzt, wo er hier neben mir auf dem Bett lag.

Was sollte ich denn sagen, wie sollte ich denn fragen. Ich konnte nicht. Wenn er neben mir lag und ich ihn anguckte und er mich. Wenn wir so dalagen, musste er die Wahrheit sagen. Ich konnte ihn nicht küssen,
«Warum gibst du mir keinen Kuss?»
Ich sagte,

«Ich muss dich was fragen», und guckte ihn an und er fragte,
«Yes?»
Ich wusste nicht, was ich sagen sollte, ich wusste wieder nicht, was ich sagen sollte,
«What is it?»
Er sah auf einmal erschrocken aus, weil ich nichts sagte. Was es bedeuten sollte, dass ich erst sagte, ich muss dich was fragen, dann aber nichts sagte. Wusste er, was ich sagen wollte? Ich sagte immer noch nichts.

«Tut mir Leid, wenn die Frage jetzt blöd ist.»
«Aber ich muss dich was fragen.»
«Ich muss dich jetzt was fragen.»

Und dann fragte ich:

«Bist du positiv?»

Jack guckte mich an und sagte nichts und fragte mich, warum ich das fragte,
«Warum fragst du das?»
Und ich log,
«Ich weiß nicht.»
Und er sagte,
«Warum fragst du das *jetzt*?»
Und ich sagte,
«Ist doch egal.»
Und ich sagte,
«Bist du's?»

Und er sagte:
«Ja.»

«Ich bin positiv.»

Ich guckte ihn an und alles war wie immer, nur ich wusste überhaupt nicht, was ich jetzt sagen sollte. Ich wusste nicht, wer damit angefangen hatte, er oder ich, aber auf einmal weinten wir alle beide. Weinten nicht, wir heulten. War überhaupt nicht wie immer. Ich wollte nie wieder so heulen. Nicht alleine und nicht mit Jack oder irgendeinem anderen.

«Hasst du mich jetzt?»
«Willst du, dass ich jetzt gehe?»

Ich wusste nicht, was ich sagen sollte, und ich weiß auch nicht, warum ich nicht wütend wurde, aber ich wars nicht und ich weiß nicht, warum ich ihn nicht rausgeworfen habe, aber ich war wirklich überhaupt nicht wütend. Ich war traurig. Ich war so traurig, wie ich in meinem ganzen Leben noch nicht traurig gewesen war, und dann sagte Jack.

«I wish it would be different.»

Wie lange man überhaupt weinen kann.
Dann sagte Jack.

«I guess this was very selfish of me.»
«Wie du mich angeguckt hast, wie verliebt du warst und wie glücklich.»

«Wer verliebt sich denn in einen, der positiv ist.»
«Als ich gesehen habe, wie glücklich du warst, konnte ich dir nicht sagen, dass ich positiv bin.»

«Ich habe es versucht.»

«Ich war noch nie in meinem Leben so glücklich.»
«Ich auch nicht.»

Wir werden glücklich sein, hatte das Orakel geantwortet, als Lisa gefragt hatte, ob Jack positiv ist.

verliebt und verrückt

«Dich erst in sich verliebt machen.»
«Bis es zu spät ist, sich zu entscheiden, ob man einen Lover will, der positiv ist.»

«WHAT AN ASSHOLE.»

Mit Positiven eine Affäre haben.
Sich auf keinen Fall verlieben.
Sich auf keinen Fall in jemanden verlieben, der bald sterben wird.
«Überhaupt: jemandem vertrauen, der dich angelogen hat. Als Allererstes angelogen hat.»

«Drei Wochen später die Wahrheit sagt, aber auch nur, weil er direkt gefragt worden ist.»
«Du bist doch verrückt. Du bist verrückt, wenn du jetzt nicht abhaust», sagte Sven.

Klang jetzt wie in einem Horrorfilm aus den Siebzigern oder Achtzigern, fand ich, wo die Teenager für vorehelichen Sex bestraft wurden.

Aber wer verliebt ist, dem kann nichts passieren.
Weil verliebt sein bedeutet, wir sind unsterblich.

«Du bist wirklich verrückt», sagte Lisa. «Aber nicht-verrückt gibt es nicht, wenn du glücklich sein willst», sagte sie dann. Dann gab sie mir bisschen Nachhilfe in Sachen HIV-Prävention inklusive Hotlines für HIV-Positive und ihre Partner. Lisas letzter Lover war positiv. Hatte sie aber erst erfahren, nachdem er sich wegen einem Mann von ihr getrennt hatte.

der rest meines lebens

Ich wollte nicht wieder weg.
Ich wollte bei Jack bleiben.

Ich wollte für den Rest meines Lebens bei Jack sein.

So wie die Männer in dem Fotoband, den Sven uns als Geschenk aus Berlin mitgebracht hatte, wo man nicht wirklich wusste, ob man jetzt sagen sollte, dass die schwul waren oder nicht, wenn man die Männer auf Bänken oder Betten zusammen sitzen sah. Manchmal hielten sie sich an den Händen.

Sven war zu Besuch in Chicago. Er hatte gesagt, er kommt, um mich zu retten. Ich brauchte niemanden, der mich rettet, hatte ich gesagt, aber er ist trotzdem gekommen.

Das Buch sollte ein Witz sein. Ein Witz oder eine Warnung. Ich saß neben Jack und guckte mir die Bilder im Bilderbuch an, dann guckte ich schnell rüber, er guckte auch. Es war kein Witz. Es war wirklich. Wenn ich wieder wegguckte, war er noch da, immer noch da. Auch wenn ich nicht mehr guckte.

Für den Rest meines Lebens neben Jack sitzen.

Wenn wer kam, den ich nicht kannte, sagte Jack als Allererstes:

«Das ist mein Freund.»
«Welcher?»
«Der hier.»

Sagte er stolz.
«Welcher?»
«Der mit der dicken Nase.»

Sagte er dann und lachte.
Wenigstens sagte er nicht:

«Der mit dem dünnen Pimmel.»

Sagte er,
Damit mich dann keiner mehr wollte.
Damit ich für immer bei ihm blieb.
Eine bessere Erklärung hatte ich nicht.

Als ich ihm sagte, was ich dachte, warum er das sagte, sagte er:
«You are overanalyzing»,
und gab mir einen Kuss auf meine dicke Nase.
«You are underanalyzing.»

Auf der einen Seite vom Tisch saßen Jack und ich und auf der andern Sven und Manfred.
Dieses Wochenende war IML. Ich wusste nicht, ob das ein Zufall war, Sven hatte nichts dazu gesagt. Mir war nicht klar, ob er *wegen* International Mister Leather da war oder *obwohl* grad das größte Ledertreffen der Welt hier stattfand. Seit seiner Ankunft in Chicago hatte ich ihn kaum gesehen. Wenn wir ihn sahen, sprach er nicht. Wir konnten sagen, was wir wollten, Sven sagte kein Wort. So hatte ich ihn noch nie gesehen.
«Der ist noch auf Droge», sagte Jack.
Seine Augen glotzten blöd ins Leere, so dass man Angst kriegte.
Nicht um ihn, vor ihm.

Vielleicht hatte Jack Recht.

Sven wollte gar nicht wieder weg aus dem Hotel, wo dieses Wochenende alle Familien mit Kindern ausquartiert worden waren, damit dort die halb nackten Homos rumstehen konnten, bevor sie zusammen auf die Zimmer zum Ficken verschwanden.

Jack und ich standen an der Bar und knutschten. Carlos und Mark sprachen kein Wort mit uns. Sven kriegte von Manfred eine Führung durchs Homohotel.

«Sven hat sein Coming-out als Lederschwuler», sagte Jack.

Wie viele Coming-outs man überhaupt haben konnte.

Als Homo.
Als Positiver.
Als Lederschwuler.

«Die Atmosphäre bei IML ist wie auf der MLA», kicherte Sven, als er und Manfred mit vollen Plastiktüten von der Ledermesse zurückkamen. Auf der MLA, der größten literaturwissenschaftlichen Konferenz in Amerika, lief Sven immer aufgeregt von einem langweiligen Vortrag zum nächsten, während ich deprimiert daneben saß.
«Literaturvernichtungskonferenz», hatte ich gesagt. Alles zu Business machen, egal was, Literatur oder Sex, war ja auch egal.
«Einfach alles Business», sagte ich und guckte ihn erstaunt an,

wie er mir die schwarz-rote Lederweste zeigte, die er gerade für 400 Dollar gekauft hatte. Manfred hatte die gleiche. War ich bloß zu verklemmt oder verliebt und hier in Wirklichkeit alles aufregend, nur nicht für mich?

Propagierte Promiskuität kam heute Abend nicht so super rüber, fand ich, wenn sie von jemandem vertreten wurde, der dann so aussah wie Sven. Der einem exemplarisch vor Augen führte, was die Voraussetzungen und Folgen des exzessiven Nachtlebens für Schwule über dreißig waren.

«Stupid European», lachte Jack und gab mir einen Kuss auf meine dicke Nase, als er sah, wie skeptisch ich Sven anguckte.
«You guys are too critical.»
«What if he is simply happy this way?»

Mit Jack und Sven und Manfred (Carlos und Mark waren verschwunden) auf der IML fühlte ich mich so wie Sven sonst. Ich stand daneben. Ich dachte nach. Machte gerade mehr Spaß als alles andere. Mehr Spaß als in Manfreds Begleitung mir Lederwesten zu kaufen. Ich fand es auch nur theoretisch interessant, im Homohotel Siebzigjährige mit Hängearsch in Chaps zu sehen. Um das zu schätzen, musste man nicht nur tolerant sein. Man musste auch sexuell wenig von Männern wollen.
Lisa war ganz begeistert, als ich ihr am Telefon davon erzählt habe.
«Irre», hat sie gesagt und vor Begeisterung wurde ihre Stimme schrill.

kimonos

Zum Abschluss des IML-Wochenendes hatte Manfred uns alle eingeladen.
«For drinks», hatte er gesagt.
O.K.

Bei Manfred auf dem Sofa sitzen, neben Jack. Sven im Sessel gegenüber. Auf dem Sofa, wo wir vor ein paar Monaten Sex hatten. Doch seit Carlos sich von Manfred trennte, sprach er nicht mehr mit ihm. Man sah Carlos nur noch mit Mark, von dem er sich schon vorher getrennt hatte. Carlos und Mark sprachen nicht mehr mit Manfred und sie sprachen nicht mehr mit mir. Gestern auf der IML: angucken, kein Wort sagen, weitergehen. Carlos und Mark hatten sich auch von mir getrennt. Ich wusste gar nicht, dass wir zusammen gewesen waren.
Ich dachte, wir wären Freunde.
«Du bist zu gutgläubig», sagte Jack.
«Du bist zu zynisch», sagte ich.
Wer war hier eigentlich der Amerikaner?
Auf dem Sofa sitzen, wo Manfred sonst schlief, weil in Manfreds Schlafzimmer kein Bett war. Weil Manfred dafür kein Geld hatte. Er gab sein Geld lieber für was anderes aus. Im Schlafzimmerkleiderschrank sah man auch, wofür: Peitschen, Masken, Lederwesten, Lederhemden, lange Lederhosen und kurze Lederhosen. Die er uns nicht nur zeigte, sondern auch ausführlich erklärte.
Die Manfred anzog, wenn er ins Gym ging.
Wenn die Sonne schien.

Ohne Unterhosen.
Und.

So genau wollten wir es gar nicht wissen und guckten schnell weg, wenn Manfred die kurzen Lederhosen am helllichten Tag in aller Öffentlichkeit anhatte und damit absichtlich in unserer Nähe stehen blieb. Dass die Leute auf der Straße ihn so komisch ansahen, lag daran, dass Manfred mit vierundvierzig Jahren noch immer so subversiv war, wahrscheinlich sogar subversiver als mit zweiundzwanzig, und die Homokultur in Boystown so homogen, fand Manfred. Ich hatte mir abgewöhnt das Wort *subversiv* zu benutzen.

Neben Jack bei Manfred auf dem Schlafundsexsofa sitzen. Auf der andern Seite Sven. Was Sven von Manfred wollte. Sven wollte wissen, was bei Manfred im Schrank hing. Alles anfassen und ausprobieren. Was Manfred sofort ausnutzte. Eigentlich hatte er uns auch nicht auf Drinks eingeladen, sondern nur um uns seine Ledersammlung zu zeigen.

Lief eigentlich Musik? Vielleicht. Aber Kylie war es nicht. Manfred tanzte trotzdem. Er guckte ganz ernst. So wie auf den Fotos, die auf der Fensterbank in seinem Schlafzimmer ohne Bett standen. Manfred mit seiner Mutter. Manfreds Mutter Norma.

«Norma und Norman Bates», sagte Jack.

Er machte seine Augen zu.
Manfred schwitzte, obwohl er fast nichts anhatte. Mit der

Faust schnell nach vorne, schnell zurück. Die Hüften hüpften hoch und runter. Alles unter Kontrolle, aber im Rhythmus war es nicht. Wie der dreijährige Junge in der Fernsehwerbung, der abends vorm Einschlafen ohne Windeln vorm Schlafzimmerspiegel hopste und sich dabei am Minipimmel rumrieb.

Am Minipimmel rieb sich Manfred nicht, noch nicht. Jetzt nahm er die Aufzieh-Plastiknonne, die auf dem Couchtisch stand. Wenn sie über den Boden rollte, sprühten Funken aus ihrem Mund. Ein beliebtes Homospielzeug. Manfred klemmte sich die Nonne an die rechte Titte und sabbelte unverständliches Zeug dazu. Mit der Faust schnell nach vorne, schnell zurück. Aus seinem Mund sprühten Funken.

Keiner hatte einen Plan, wies weitergehen sollte. Aber Sven war begeistert und rief vom Sessel gegenüber:
«Warum zeigst du uns nicht, was sonst noch im Kleiderschrank hängt?»
Ich weiß auch nicht, warum wir nicht lieber gegangen sind. Aber Jack und ich, wir blieben auf dem Schlafundsexsofa sitzen. Manfreds Modenschau ging jetzt erst richtig los.

Haben alle Homokinder früher alleine nackt vorm Spiegel getanzt?

Das war der Grund, warum Manfred zu jeder Verabredung zu spät kam. Bevor er seine Lederhosen anzog, bevor er das Haus verließ, musste er noch nackt vorm Spiegel tanzen. Weil das das Schönste war.

Erst alleine nackt vorm Spiegel.
Dann seine Ledersachen anziehen.
Das Allerschönste auf der Welt.

«Leder, das ist mein Leben», sagte Manfred.

Neben Jack bei Manfred auf dem Schlafundsexsofa. Wir saßen auf dem Sofa, wir gingen nicht weg, warum nicht, so besoffen waren wir noch gar nicht. Manfred tanzte. Mit der Faust schnell nach vorne, schnell zurück. Immer erst bisschen allein im Schlafzimmer vorm Spiegel tanzen, bevor er sich raustraute, ins Wohnzimmer rüberkam und vor unseren Augen weitertanzte.
Manfred in Chaps, der Arsch war frei. Manfred nutzte die Gelegenheit, um die Nonne von der Titte zu nehmen und sie sich hinten in den Arsch zu schieben.

In diesem Moment guckte Manfred genauso wie Norman in der Schlussszene von Psycho, wenn aus dem Off die Stimme seiner Mutter zu hören war. Mit der Nonne im Arsch weitertanzen. Jetzt gabs wirklich Musik oder hatten wir inzwischen nur zu viel getrunken? Manfred tanzte vor dem Sessel, in dem Sven saß und zuguckte, fasziniert, glaube ich, aber nichts sagte. Jetzt streckte Manfred ihm seinen Arsch entgegen. Mit der Nonne drin. Mit der Nonne im Arsch den Arsch vor Svens Gesicht. Konnte nicht sehen, ob sie sich bewegte. Ob da Funken rauskamen.

Waren seine Augen zu? Ich konnte sein Gesicht nicht sehen. Sven sagte nichts. Er lachte nicht. Jack und ich, wir lachten, wir weinten vor Lachen. Sven hatte wirklich die Augen zu und hielt sich die Nase zu. Das war jetzt wirklich zu viel. Auch für Sven. Er hatte ja gerade erst sein Coming-out. Ich fand, wir sollten jetzt gehen. Manfred nahm die Nonne aus dem Arsch, warf sie in die Ecke und hätte jetzt gerne, dass Sven ihm da die Lederpeitsche reinschiebt.

Jetzt wollte auch Sven, dass wir gehen.

Manfred verschwand im Schlafzimmer, ohne Nonne, ohne Peitsche.

Dann zog er sich ganz aus. Manfred stand nackt vorm Spiegel im Schlafzimmer. Nackt vorm Spiegel im Schlafzimmer stehen und sich am Minipimmel rumreiben.

«Leder, das ist mein Leben.»

Als Manfred zurückkam, hatte er einen Kimono an. Wir wollten gehen.
Wenn es so weit war, dass wir nachmittags zum Teetrinken unsere Kimonos überwarfen, wenn es so weit war, dass wir zu Hause nur noch im Kimono rumliefen.
Erst wenn es so weit war,
Da waren wir uns einig,
Dann trennten wir uns.

abreise

Sven sagte nichts. Nicht zu Anton, nicht zu Jack. Ich konnte es nicht glauben. Die ganze Woche, die er in Chicago gewesen war, kein Wort zum Thema Jack. Ich komme, um dich zu retten, hatte er gesagt. Dann kam überhaupt nichts mehr. Die einzige Erklärung für sein Schweigen: Sven war mit sich beschäftigt.

Als wir an O'Hare durch den langen schönen Flughafentunnel von Helmut Jahn gingen, sagte er auf einmal:

«Good catch.»

Er meinte die Sextoys, die er sich mit Manfreds Hilfe auf der IML ausgesucht hatte, dachte ich, und die er jetzt stolz mit sich rumtrug. Die Cockringe und Buttplugs und Nippelclips, ich wollte es gar nicht so genau wissen. Ich wusste auch gar nicht, wie er glaubte mit dem Zeug im Handgepäck ins Flugzeug reingelassen zu werden.

«Good catch», sagte er und lächelte mich an. Er sprach von Jack und mir.

Sven hatte noch *nie* einen meiner Freunde gemocht.

«Good catch», sagte er jetzt.

Er meinte Jack.

Und warum lächelte er die ganze Zeit?

Sven hatte sich in den letzten Tagen nicht nur mit Manfred angefreundet. Auch Jack und Sven waren an seinem vorletzten Tag in Chicago so was Ähnliches wie Freunde geworden, glaube ich. Jedenfalls verbrachten sie den ganzen letzten Nachmittag damit, zusammen durch Second-Hand-Plattenläden zu laufen und nach alten Abba-Platten zu suchen, während ich die Wohnung aufräumte. Schließlich sind sie mit einer Maxi-Single von Donna Summers «Love to Love you Baby» zurück nach Hause gekommen, spielten die Platte vierzehn Mal hintereinander, machten dabei die Flasche Wodka leer, die noch im Kühlschrank war, und guckten dann *Ab Fab* auf DVD, bis sie besoffen Arm in Arm vor dem Fernseher einschliefen. Dem Antiamerikaner Sven tat es ganz gut, hier zu sein. Dies war seine Rettung gewesen, nicht meine.

«Wo ist dein Zynismus?», fragte ich am Flughafen auf dem Rollband unter den bunten Lichtern.
Offensichtlich hatte er noch immer keine große Lust zu reden. Er zuckte mit den Achseln. Dann sagte er:
«Das ist deine Schuld. Weil du dir diesmal keinen Idioten ausgesucht hast.»
Er war noch auf Droge. Ich war mir sicher. Er machte eine Pause. Ging alles bisschen langsam heute.
«He is gorgeous.»
Dann auf Deutsch:
«Bei dem kannst du bleiben.»

Mir wurde schwindelig. So viel Harmonie. Das war ich nicht gewöhnt. Das war zu viel.

«Heißt das, wir werden jetzt langweilig?», fragte ich,
«Ich mit einem Freund, der nicht doof ist, und du ohne bissige Kommentare?»
«Das ist überhaupt nicht langweilig.»

«Alles andere ist langweilig.»
«Jetzt erst wird es interessant.»

Zum Abschied gab er mir einen Kuss. Diesmal musste ich fast heulen.

viel zu weit

Sven war wieder weg. Manfred musste Geld sparen. Carlos und Mark hatten sich von mir getrennt. Jetzt waren wir wieder alleine: Jack + Ich.

Allein auf der Welt, zu unseren Lieblingsplätzen in Chicago.

Die Kellner waren mexikanische Exilstricher, gerade frisch über die Grenze. Der Tresen war fest in transsexueller Hand. An der Tür stand eine Lesbe aus Texas. Einlass gab es nur für Homosexuelle und ihre Freundinnen.

Nach dem Essen beim Mexikaner, inklusive drei Margheritas jeder, das Restaurant verlassen und dann Hand in Hand durch Boystown durch, die Straße runter zum *Cellblock*.
Cellblock oder *Eagle* oder *Big Chicks*.
Es gab genug Bars in Chicago, um glücklich zu sein.

Daddy & Son Night im *Cellblock*. Wer heute Daddy und

wer Son war, hatten wir noch nicht entschieden. Dahinten im Dunkeln standen Carlos und Mark, glaubte ich. Carlos und Mark, die ich seit der IML nicht mehr gesehen hatte, mit denen ich seit Wochen nicht gesprochen hatte. Nicht Carlos, Mark kam auf uns zu. Mark, mit dem wir sonst nie redeten, schon bevor sich Mark und Carlos von mir getrennt hatten, Mark war heute so nett. Viel netter als sonst. Sollte das eine Versöhnung werden? Bei uns angekommen, war er fast schon zu nett. Mark sagte als Erstes, dass er uns gleich zu *Big Chicks* mitnimmt. Wir hatten noch gar nichts getrunken. Wir waren ja gerade erst angekommen. Weil Mark heute so nett war, sagten wir aber einfach, na klar, warum nicht. Nicht so klar war, was mit Carlos los ist.
«Carlos ist komisch», sagte ich.
«Carlos ist gar nicht komisch», sagte Jack. «Carlos ist schlecht gelaunt. Das ist gar nicht komisch, weil Carlos meistens schlecht gelaunt ist», sagte Jack, «eigentlich immer, seit ich ihn kenne.» Und ich dachte daran, wie schlecht gelaunt Carlos im Homohotel gewesen war. Mich zum Abschied böse angucken. Aus seinen Augen kamen Blitze. Wie aus Manfreds Arsch.

«Wir müssen was gegen diese Augenbrauen unternehmen», sagte Jack schon wieder und Carlos guckte von der anderen Seite der Bar böse rüber. Er sprach kein Wort. Er sprach kein Wort mit Mark. Er sprach kein Wort mit uns. Auf der einen Seite Mark. Auf der anderen Jack und ich. Dazwischen Carlos, der kein Wort sagte.
Was hier los war.
Jack und ich tranken erst Bier, dann Jägermeister und dann

gab Jack mir einen Kuss.
Wir wollten gar nicht wissen, warum Carlos so böse guckte.
Wir wollten lieber knutschend und Bier trinkend in der Ecke stehen und danach zu zweit zum Ficken nach Hause.

Du mich, dann ich dich.

Mit zu *Big Chicks* fahren, was wir inzwischen nicht mehr so gerne machten, wenn Mitfahren bedeutete, mit Mark und Carlos schweigend im Auto zu sitzen und im Dunkeln böse angeguckt zu werden. War wohl doch keine Versöhnung. Dass das Auto fünf Blöcke nördlich vom *Cellblock* stand, hatte auch noch keiner zugegeben. Wir bereuten schon längst, nicht allein im Taxi auf dem Weg zu *Big Chicks* zu sein, sondern schweigend mit Carlos und Mark zusammen fünf Blöcke bis zum Auto zu gehen, und schließlich sagte Jack,
«Das ist aber weit»,
vielleicht sagte er auch,
«Das ist ja so weit, da hätten wir auch ein Taxi nehmen können.»
«Precious little thing.»

Auf einmal sprach er.
Das Erste, was er heute Abend sagte. Das Erste, was er seit Wochen zu uns sagte.
Carlos sagte:

«Precious little thing.»

Zu Jack und guckte ihn böse an.

Die Augenbrauen.
Man könnte jetzt ja lachen oder einen Kommentar über schwule Machos machen, aber machte keiner und schließlich saßen wir zu viert im Auto und waren still.
Seit Carlos gesagt hatte:

«Precious little thing»,

hatte er auf einmal wieder gute Laune. Jack und ich saßen hinten im Auto und bereuten, dass wir da saßen anstatt alleine im Taxi. So weit war die Fahrt ja nicht. Wir waren ja schon die Hälfte zu Fuß gelaufen. Nur noch einen Parkplatz finden. Und obwohl es bei *Big Chicks* immer Parkplätze gab, heute gab es keinen, wir fanden keinen, dann fanden wir doch einen, und als wir einen gefunden hatten, sagte Mark,

«Oder ist das zu weit für Jack?»

Der einzige Satz, den Mark im Auto auf dem Weg hierher gesagt hatte.
Der einzige Satz, den irgendjemand gesagt hatte, seit Carlos gesagt hatte,

«Precious little thing.»
«Oder ist das zu weit für Jack?»

Waren sich auf einmal beide einig. Mark drehte sich um, nicht nach hinten, nicht zu Jack und mir, er drehte sich nach links, zu Carlos, und sagte zu Carlos, ganz ernst,

«Oder ist das zu weit für Jack?»

Nicht mal Carlos lachte. Wir saßen im Auto und keiner lachte und keiner sagte irgendwas.

Wir sprangen aus dem Auto.
Wir liefen weg, so schnell wir konnten.
Bis uns keiner mehr sehen konnte.
Wo uns keiner mehr finden konnte.
«Komm, schnell.»

«Ich komme.»

fear

Angst macht schlau, sagt Nietzsche.
Brauchte man deutsche Philosophie, um die Welt zu verstehen?
Sven meinte Ja.
Ich war mir nicht so sicher.
Jedenfalls hatte Nietzsche nicht Recht, wenn er sagte, Angst macht schlau.

Die allergrößten Fehler in meinem Leben gemacht, wenn ich, weil ich Angst hatte. Aus Angst die falschen Sachen machen. Aus Angst nicht machen, was ich wollte.

Ich war nicht mutig. Ich war kein Held. Ich war ein Homo.

Zu lange falschen Sex gehabt.
Den falschen Boyfriend.
Das falsche Leben.

Fehler, für die man Jahre brauchte, um sie zu verstehen. Hatte man die alten Fehler verstanden, waren schon wieder neue da. Fehlerkorrigieren half nachträglich nicht weiter. Der Teil vom Leben, in dem man die Fehler gemacht hatte, war lange um. Leider half das Fehlerkorrigieren auch nicht für die Zukunft. Da gab es neue, noch unbekannte Fehler. Hatte man die verstanden,
war das Leben vorbei.

Jetzt wars anders.

Ich machte was, obwohl ich Angst hatte.

Angst, weil Jack positiv war.
Dass ich mich ansteckte.
Dass ich starb.

Eine saudumme Angst.
Die nicht weiterhalf und wo nichts weiterhalf.

Weil Jack positiv war.

Angst, weil ich wusste, dass Jack starb.

War nicht so schlimm, konnte man nicht sagen. Es war schlimm. War so schlimm, dass man nicht wusste, was man sagen sollte. Ich wusste nicht, was ich sagen sollte, wenn Jack auf der Straße anfing zu weinen. Wenn er mir nicht sagen wollte, warum. Weil er nicht wusste, wie das ging, wie das gehen sollte, dass er positiv war. Damit leben. Wie das gehen sollte, ich wusste auch nicht. Ich wusste nicht, was ich sagen sollte.
Ich war da, jetzt war ich da.
Ein Virus, das war alles.
Es musste gehen, musste einfach gehen.
Ein Virus, an dem du stirbst.
Ich vielleicht.

Mit Fremden Sex haben, wenn ich nicht wusste, ob sie positiv waren. Mit Jack Sex haben, wenn ich wusste, dass er positiv war. Er starb, weil er positiv war. Vielleicht starb ich, weil er positiv war. Auch wenn wir vorsichtig waren.

«Keine Angst haben», sagte Lisa.

Ich konnte dich nicht retten.
Ich konnte mit dir sterben.
Lieben: sich jemanden aussuchen, mit dem man sterben wollte.
Sven lachte nicht mehr, wenn ich das sagte.
Wenn Sex der Anfang einer schwulen Liebesgeschichte war, war das das Ende?
Jemanden lieben, mit dem man sterben wollte.

Aber noch nicht.

Unser Leben ging so:
Jetzt noch nicht sterben.

+++++

Der Kopf wurde nicht noch mal rasiert, obwohl ich immer noch grundsätzlich als Glatzenträger erkennbar bin. Leider hatte ich selber, bevor ich starb, keine Gelegenheit mehr, mich frisch zu rasieren. Den Kopf meine ich. Zwei, drei Tage unrasiert im Gesicht geht in Ordnung, sieht gut aus. Aber achtundvierzig Stunden unrasiert auf dem Kopf und ich fühle mich wie ein Hippie. Wie es aussieht, werde ich jetzt mit Hippiefrisur im schlecht sitzenden und schon riechenden Anzug beerdigt werden. Dies ist der Augenblick, wo auch ich eindeutig für die Homoehe bin, wenn Homoehe heißt, jemand, der mir geschmacksmäßig bisschen näher steht, hat bei Entscheidungen im Todesfall ein Wort mitzureden.

Jack hätte das gemacht.
Mir den Kopf rasiert, wenn ich tot bin.
Jack hätte ich geheiratet.

Wo ist Jack?

Der Beerdigungsunternehmer rasiert meine Wangen, mein Kinn, meinen Hals, bevor er beginnt meine linke Gesichtshälfte zuzuspachteln.

Ich blute nicht.
Ich blute nicht mehr.

Ich kann mich nicht erinnern.
Ich kann mich nicht erinnern, wie ich gestorben bin.

Bisschen was musste ja geflickt werden, weil die linke Seite meines Körpers nicht so super aussah.

Plastic surgery, die man sich im Leben nicht leisten kann, gibt es für Tote auf einmal umsonst. Dafür halte ich gern noch bisschen still. Der Beerdigungsunternehmer sieht aber auch nicht mehr so gut aus. Während er sich über mich rüberbeugt, streift eine der von seinem Hals herabhängenden Falten meine schon frisch rasierte linke Wange. Nicht nur kann ich sehen, dass er großporige Haut hat. Er riecht auch nicht so gut.

Mit Hippiehaar, in roter Unterwäsche, im schmutzigen Anzug in Berlin-Friedenau unter die Erde gebracht werden. Dahinten liegt Marlene Dietrich. Lieber wäre ich mit meinem T-Shirt an, meinen Turnschuhen und meinen Camouflagehosen verbrannt worden. Dann wäre Jack mit der Urne im Auto an den Strand gefahren, der CD-Player spielte *Running* von No Doubt, während Jack meine Asche in den Ozean streut, kurz weint, dann die Musik aufdreht und im Jeep davonfährt.

Jetzt weiß ich wieder.

Wie alles zu Ende ging.

Jetzt weiß ich wieder, wie ich gestorben bin.

California Dreamin'*

Happiness is an option
Pet Shop Boys*

alltag in amerika

Was wir nie hatten, uns nie dran gewöhnen wollten, wie es niemals sein sollte, weil wir beide nicht dran glaubten, Anton und ich, was super lief mit Jack: der Alltag.

Zusammen um sechs Uhr morgens aufstehen.

Noch mit Ständer von der Nacht beide verschlafen bisschen in der Küche rumstehen und rummachen, bevor der Tag begann.

Einer machte Kaffee, der andere duschte schon mal oder umgekehrt.

Wenn noch genug Zeit war, zusammen Buttermilk Biscuits essen und danach mit verschmierten Händen und Mündern knutschend vorm Computer sitzen und *Chicago Tribune* oder *CNN online* lesen, bevor er zur Arbeit musste.

Dreimal am Tag miteinander telefonieren, manchmal viermal.
Gab immer was zu erzählen.

Weil alles interessant war.
Weil du es sagtest.

Wenn ich im Café arbeitete, saßt du da und gucktest mich an, wenn du keine Lust mehr hattest, weiter zu lesen, gucktest mich einfach an.

Abends nach der Arbeit mit einem Kaffee von *Starbucks* Hand in Hand durch Boystown durch.

Abends vorm Einschlafen noch mal zwei Stunden miteinander reden.
Wenn wir zu müde waren, *Sex and the City* oder *Six Feet Under* auf DVD gucken.

In Boystown glücklich sein.
Wann ich das letzte Mal so glücklich war.

traumstadt

«Ich mag Los Angeles aber nicht.»
«Wenn man zusammen wegfährt, weiß man, wen man vor sich hat», sagte Lisa.

Anton und ich kannten uns praktisch *nur* vom Urlaub. Dabei hatten wir uns anscheinend gerade *nicht* kennen gelernt. Ich kannte Anton gar nicht. Seit ich das wusste, tat es nicht mehr weh. Seit ich das wusste, *konnte ich ihn vergessen*.

Mit Jack war es genau umgekehrt. Ich wusste alles über ihn. Wir brauchten keinen Urlaub.

«L. A. ist die einzige *mythische* Stadt in den USA außer New

York», sagte Sven, der noch niemals in L. A. war, aber seit Chicago seine Amerika-Begeisterung entdeckt hatte. Mir war Amerika inzwischen egal. Ich wollte mit Jack zusammen sein, egal wo. In welcher Stadt man lebte, war in Wirklichkeit nicht so wichtig.

Wir fuhren nach L. A. Weil Jack wollte. Weil Jack mir L. A. zeigen wollte. Weil er da mal gelebt hatte und stolz darauf war. So wie ich mal stolz darauf war, in New York zu leben. War ja alleine schon eine Qualifikation, die man mit in den Lebenslauf schreiben konnte: drei Jahre New York oder L. A. Seit den Fünfzigern die entscheidende Frage für ambitionierte Amerikaner und alle andern, die rüberkamen: N. Y. C. oder L. A., was anders gabs nicht, wenn man seinen Träumen folgen wollte.

bei bruce

«Warum bist du so still?»
Bruce fragte mich zum dritten Mal, dann fragte er Jack,
«Ist der immer so still?»

still = langweilig.

Mit Jack bei Bruce, Jack und Bruce auf dem Ledersofa, ich daneben auf dem Sessel. Bruce: Jacks bester Freund in

Kalifornien. Jacks Exfreund in Kalifornien. Hätten wir auch Anton in Berlin besuchen können.

Bruce sprach. Jack sagte nichts, aber lachte. Ich sagte auch nichts, aber lachte nicht. Worüber Bruce redete. Am liebsten über Sex. Eigentlich redete Bruce nur über Sex. Manchmal noch darüber, dass sein Vater sich umgebracht hatte, als er elf war, und dass seine Mutter ihn nie anrief, auch nicht zum Geburtstag. Dann redete er wieder über Sex. Mit wem er letzte Nacht gefickt hatte, wie groß der Schwanz gewesen war, wie die Nacht davor war und die davor, solange er sich erinnern konnte, das Einzige, woran er sich erinnern konnte.

Jack hörte zu und lachte (worüber lachte er?). Ich hörte auch zu, aber lachte nicht. Dass es so langweilig sein konnte, wenn einer über Sex redete. Alle Versuche, das Gespräch in eine andere Richtung zu lenken, scheiterten. Weil Bruce lieber über Sex redete und Jack nichts dagegen hatte. Er fand das lustig, ich nicht.

So wie im Musical-Theater sitzen und leiden, während sich die Sitznachbarn gut unterhalten fühlten. Was noch schlimmer war: dass ich eifersüchtig war. Was am schlimmsten war: dass ich eifersüchtig war auf was, was ich doof fand. Auf Bruce eifersüchtig sein, während er Jack seine langweiligen Sexgeschichten erzählte und ich nicht mit auf dem Sofa sitzen und mitlachen durfte.

Jack und Bruce auf dem Sofa.
Sitze auf dem Sessel daneben.

Dasitzen.
Nichtssagen.

«Ist der immer so langweilig?»

Bruce und Jack waren jetzt beim dritten Bier.

Hatte irgendwas über das Saufen in Amerika noch nicht kapiert. War eigentlich einfach. Alle soffen immerzu. Im Grunde genau wie mit Sex, auch wenn es erst mal nicht so aussah. Alle dachten immerzu an Sex, sonst an nichts. Wurde deutlich, wenn man zum Beispiel auf dem Highway in Indiana fuhr und die Billboards am Straßenrand nicht nur für billige Motels und Kasinos warben, sondern vor allem für Stripperbars. Blanke Titten überlebensgroß und nachts beleuchtet auf dem Reklameschild neben der Autobahn. Das gab es meines Wissens in Deutschland noch nicht. Schließlich ganz einfach zu kapieren, worum es in Amerika ging: Saufen, Ficken, Geldverdienen. Was jetzt genau der Zusammenhang war, war bisschen schwieriger zu sagen.

Musste ich mal mit dem Amerikafan Sven drüber reden.
Jack guckte mich an, sagte nichts.

Was die Amis, glaube ich, kapiert hatten: Saufen und Sex waren grundsätzlich gut fürs Geschäft, nicht umgekehrt. Dafür waren die Homos das allerbeste Beispiel.

Bruce zum Beispiel war Alkoholiker, redete nur über Sex, aber funktionierte hervorragend. Bruce hatte sein eigenes

Business. Worüber Homos meistens nicht redeten. Das Business von Bruce. Bruce war im wirklichen Leben Beerdigungsunternehmer. Als Beerdigungsunternehmer viel Geld verdienen, wenn man schwul und der bevorzugte Beerdigungsunternehmer aller Homos in Südkalifornien war. Supergeschäftsidee in den späten Achtzigern: schwuler Beerdigungsunternehmer werden. Damit reich werden, so reich, dass man zwei Häuser hatte, eins in Los Angeles und eins in Laguna Beach, und zwei Autos, einen Pick-up-Truck und einen Audi TT, so reich, dass man mit sechsunddreißig nur noch drei Stunden am Tag arbeiten musste und drei Monate im Jahr entweder in Puerto Rico oder Mexiko lebte.

Jack war vom Geld von Bruce beeindruckt.
Jack guckte mich an, als kannte er mich gar nicht.

Bruce hatte genug Geld, sich sein Bauchfett beiderseits absaugen zu lassen (5.000 Dollar) und das überflüssige Brustfett (7.000 Dollar). Noch ein Thema von Bruce: Schönheitschirurgie. Fettabsaugen an der Brust tat mehr weh als Absaugen am Bauch, sagte Bruce. Auch Wochen später noch. Alle acht Wochen ging er zusammen mit seiner besten Freundin zur Botox-Injektion. Gegen die Falten um die Augen mit Mitte dreißig. Collagen gegen die eingefallenen Wangen. Weil Bruce HIV-positiv war.

Jack mit Bruce auf dem Ledersofa, ich auf dem Sessel daneben. Saßen auf dem Sofa, soffen und lachten. Hatte ich was über den Humor von HIV-Positiven noch nicht kapiert?

Wenn man zusammen wegfährt, weiß man, wen man vor sich hat.

Am Abend zusammen ausgehen.
Wohin, wo Bruce wollte.

Wir waren in Los Angeles, aber anstatt nach West Hollywood oder Silver Lake zu fahren gingen wir in Long Beach aus. Long Beach war nicht nur die fünftgrößte Stadt in Kalifornien, sondern hatte auch eine große Gay Community mit eigener Gay Pride, ansonsten zum Ausgehen aber so interessant wie irgendwo in Indiana. Alle andern Männer hier waren langweilig und hässlich. Nur Bruce nicht, fand Bruce, und deshalb waren wir hier heut Nacht. Weil Bruce in Long Beach ein Star war. Die andern Homos hatten kein Geld gegen das Bauch- und Tittenfett. Unter den hässlichen und langweiligen Homos war Bruce der reichste und der schönste. Er jammerte zwar, wie hässlich und langweilig alle waren. Aber auf die Idee, zwanzig Meilen weiter nördlich nach West Hollywood zu fahren, kam er nicht.

Wollte nicht mehr wissen, was hier los war.
Wollte wissen, wie ich hier wegkam.

Jack sah mich an, aber sagte nichts, warum sagte er nichts. Problem: wenn der Gastgeber so selbstundsexbesessen war wie Bruce, man selber ihn nicht kannte und nicht kennen wollte, während der eigene Boyfriend, der die Übernachtung arrangiert hatte, sich bestens mit seinem besten Freund verstand und man das Gefühl hatte: Den kennt man auch nicht.

Die Paaridee noch mal überdenken.

Wenn das dazu führte, dass man mit zwei besoffenen Homos, die sich so super verstanden, weil sie beide positiv waren, in einer der drei langweiligsten Homobars, in denen man je war, den so genannten Urlaub verbrachte.

Wir saßen im Auto zu viert.
Jack und Bruce und ich und der Fick von Bruce für heute Nacht.

Bruce erzählte, dass sein Vater sich umgebracht hatte, als er elf war, und dass seine Mutter nie anrief, auch nicht zum Geburtstag.
Der Fick von Bruce sagte nichts.
Jack sagte nichts, ich sagte auch nichts.

Ich lag auf der einen Seite vom Bett.
Weit weg auf der anderen lag Jack.
Bruce und der Fick fickten nebenan.

schlaflos in l. a.

Jack schlief, ich schlief nicht.

Mir fiel ein, was alles nicht zusammen ging.

Wenn ich am Wochenende morgens aus der Dusche kam, Jack schon geduscht vorm Fernseher lag. Da legte ich mich nicht dazu. Vieles verstand ich nicht, weil ich nicht so ein super Fernsehgucker war, weil ich nicht so schnell beim Fernsehgucken war, mir nicht so viel auf einmal merken konnte. Beim Fernsehgucken bisschen blöder als die allermeisten. Andererseits: besondere Blödheit vom Vielfernsehgucken, wenn man nix weiter wollte als fett davor zu liegen. Nicht so attraktiv für die, die gerade nicht da lagen.

Da legte ich mich nicht dazu.

Als wir in seinem lilafarbenen, er behauptete, er wäre blau, aber er war ganz klar lila, als wir in seinem lilafarbenen VW Golf den Lakeshore Drive, Lake Michigan, runterfuhren und Kristine W. und dann die Neuaufnahme von Madonnas *Live to Tell* hörten, und auch wenns ursprünglich ein Madonnalied war, fand ich das Lied schon damals blöd und kriegte Kopfschmerzen.

Ich dachte, wir mochten dieselbe Musik.

Zusammen in der Bar oben im Hancock Building. Die Atmosphäre war bedrückend, obwohl wir achtzig Stockwerke oder noch höher waren. Vielleicht war nur die Decke zu niedrig. Mitten am Tag schon zu dunkel. Konnte mich nicht entscheiden, was ich wollte. Warum ich hier war. Bestellte einen Wodka Tonic, weil Jack einen bestellte.

Bevor die Drinks da waren, zum Fenster, wo gerade zwei

Plätze frei wurden, schnell zum Fenster, weil es hier drinnen so dunkel war. Von hier drinnen von hier oben an der Außenwand heruntergucken.

Da unten, das waren wirklich Menschen.

Wie bei *Windows on the World,* der Bar im World Trade Center, zwei Wochen bevor die Türme eingestürzt waren. Auf der andern Seite über Lake Michigan kreisten jetzt noch die Hubschrauber. Am Tisch neben uns hockte noch ein Homopaar. Hielten sich an den Händen.

Sven hatte gestern am Telefon gesagt:
«Eure Freundschaft ist zusammengebrochen wie die beiden Türme des World Trade Center.» Seine neu entdeckte Amerikabegeisterung führte inzwischen zu den aufdringlichsten Metaphern.

l. a. im tv

Am nächsten Morgen unsicher aufstehen.

Das sollte L. A. sein.

L. A. lieber im Fernsehen ansehen.
Im Fernsehen: wahrer, besser, schöner.

Nicht in wirklich.

Komm, wir gehen wieder schlafen.

Seh mir alles mit dir im Bett im Fernsehen an.
Wenn wir wieder zu Hause sind.

Heat
Short Cuts
L. A. Confidential

L. A. im Fernsehen.

Komm, wir gehen wieder schlafen. Lieber schlafen als an einem viel zu grauen Samstagvormittag stundenlang zwischen Hollywood und Beverly Hills rumfahren, nicht wissen, wohin, warum, was dann.

augen zu

Jack schlief, ich schlief nicht.

Bevor wir nach L. A. geflogen waren, hatte Lisa angerufen und gesagt,
Einfach so,

«Wir können alle auch sofort sterben.»

Erdbeben konnte man nicht vorausberechnen.
Das meinte sie nicht.

Als du im Flugzeug auf dem Weg nach L. A. neben mir saßt, sahst du nicht so gut aus.

Dass du positiv warst.

Meinte sie auch nicht.

Das Flugzeug stürzt ab, dachte ich jedes Mal beim Fliegen und hielt deine Hand fest.

Seit dem 11. September lebten alle andauernd in dieser Endzeitstimmung.

«Wir können alle auch sofort sterben.»

Dich geliebt, sonst keinen, dachte ich, als ich das Foto von dir anguckte, das nachts immer neben meinem Bett stand, egal wo ich war.

Wie schön du warst, wenn du lächeltest.
Konnte man auf jedem Foto sehen.

Wenn du neben mir lagst.

My pretty boy.

Jack schlief, ich schlief nicht.

Ich machte meine Augen zu.

you know what i mean

You know what I mean.

Jack grinste mich an und sagte:

You know what I mean.

Ich wusste nicht, was er meinte.

You know what I mean.

Was er sagte, wenn er unsicher war.

Bei fahlem Licht in der Subway durch die Suburbs von L. A. fahren.

Don't have much to say.

Das Ende der Welt für mich.

BLEAK.

Jack grinste mich an.

You know what I mean.

Wir sahen so aus, als wenn wir zusammenpassten, sagten alle, wenn sie Jack und mich zusammen sahen.

Are you twins?
Sagten alle.

Kids are staring at us.

Dachte auch, dass wir zusammenpassten, wenn ich uns zusammen sah.

Für einen selber nicht immer derselbe sein, für andere erst recht nicht derselbe sein, selbst wenn man noch genauso aussah wie vorher. Für andere von außen immer noch wie derselbe aussehen, selbst wenn es für einen selber schon lange nicht mehr so war, doch dann war man für andere noch viel weniger als für einen selbst derselbe, oder?

Wirrnis und vielleicht schon Fäulnis im Kopf. Vierundzwanzig Stunden immer mit einem Menschen zusammen. Zu viele Seltsamkeiten zwischen Menschen. In vierundzwanzig Stunden machte jeder Fehler. Doch nur ins Verliebtsein verliebt sein.
Wieder Schlafen,
Und dann.
Was dann.

Sagte meine Mutter zu mir am Telefon, als ich sie aus L. A. anrief:
«Du bist ja fast vierzig.»
«Und was dann?»

coming-out

«Bist du schwul?»
«Ich weiß nicht», hatte ich gesagt.
«Ich glaube schon.»

Das war mein Coming-out gewesen. Wir haben nie wieder darüber gesprochen. Zwanzig Jahre später fragte mich meine Mutter jetzt: Du bist fast vierzig und was dann?
«Ich bin ein schwuler Mann», antwortete ich. Das war mein Coming-out gewesen.

«Ich bin ein schwuler Mann», hatte Lisa gestern zu mir am Telefon gesagt.

«Wie?»

«Wirklich.»

«Wie wirklich?»

«Keine Hete. Keine Lesbe. Ich bin ein schwuler Mann.»

Ich dachte an die Homofilme in Lisas Apartment. Den Kondomvorrat, die Handschuhe und die Gleitcreme.

«Hat nur leider vierzig Jahre gedauert, bis ich es gemerkt habe.»

Lisa wollte als Mann Sex mit Männern haben, nicht als Frau. Lisa glaubte, sie war ein schwuler Mann in einem Frauenkörper. Lisa war transsexuell *und* schwul.

Wie viele Coming-outs man überhaupt haben konnte.

Als Homo
Als Positiver
Als Lederschwuler
Als Trans-Queer

«Mir bleibt nicht mehr viel Zeit.»
«Für mein schwules Leben, meine ich.»
«Wir können alle auch sofort sterben.»

Lisa, die ihr schwules Leben nur vom Filmegucken kannte. Lisas Leben war nichts als ein schwuler Film gewesen. Woher wir sonst wissen sollten, wie wir leben wollten. Sagte uns keiner. Mein schwules Leben soll wie ein Film aussehen, hatte ich auch gedacht, als ich nach New York kam. Wir wollten aber ein schwules Leben im wirklichen Leben. Wir wollten wirklich schwul werden.

«Ich komme nach New York», habe ich zu Lisa gesagt, «wenn ich aus L. A. zurück bin, komme ich nach New York.»

«Beeil dich.»

silverlake

Kurz vor der Abreise nach L. A. hatten Jack und ich einen Film über Silver Lake gesehen. Fast hätten wir unsere Tickets wieder abbestellt. Die allerschlimmsten Klischees über das Leben der Schwulen. Obwohl es ein Schwarz-Weiß-Film gewesen war und wir dachten, wenn schon keine Kunst, dann doch bestimmt ein Dokumentarfilm. Der Film zeigte, wie auch Ledermänner in Wirklichkeit ein gutes Herz hatten und bereit waren ihren freizügigen Lebensstil aufzugeben, wenn nur der richtige Mann kam, der erst einundzwanzig und ein Dichter war. Musste ich mal mit Manfred drüber reden. Oder mit Sven.

Am Ende des Films, nachdem sich der Ledermann und der junge Dichter, der sein Elternhaus extra verlassen hatte, um in Silver Lake sein Dichterleben zu beginnen, gestritten hatten und getrennte Wege gegangen waren, las der einundzwanzigjährige Dichter beim Poetry Slam in einem von zwei Transen geleiteten Café seine Gedichte vor. Während er seine schrecklichen Gedichte las, fing er fast an zu weinen, und im

Publikum weinten einige wirklich und in letzter Sekunde, kurz bevor die Lesung vorbei war, kam zufällig der Ledermann ins Café. Der Ledermann, der ja in Wirklichkeit ein gutes Herz hatte, war so gerührt, als er die Gedichte hörte, die ja alle in Wirklichkeit für ihn geschrieben worden waren, dass die beiden am Ende des Abends Hand in Hand den Laden verließen und die Transen zum Abschied nicht nur heulten, sondern in die Hände klatschten: Happy Homoend.

So sollte ein schwules Leben aussehen.
Wie es wirklich aussah:

Am frühen Nachmittag im Freien in Silver Lake in der Lederbar. Eine Bar mit einem Patio. Draußen knallte die Sonne, drinnen war es dunkel. Wenn man in den Raum reinging, sah man nichts, weil es draußen so hell war. Wenn man wieder rauskam, sah man auch nichts, weil es drinnen so dunkel war. Man sah nichts, egal ob drinnen oder draußen.

Was man sah, nachdem man sich ans Licht gewöhnt hatte: Die Hälfte aller Männer sahen aus wie Pornostars. Die andere Hälfte war positiv. Pornostar sein oder positiv. Dazwischen gabs hier nix. Wer positiv war, blieb nicht lange Pornostar.

Wusste nicht, was Jack dachte. Wusste nicht, was Bruce dachte. Wusste nicht, ob Bruce überhaupt was dachte.

Zwischen den Positiven auf der einen und den Pornostars auf der anderen Seite sprachen wir auf einmal alle beide: Bruce + ich.

Ich sagte, er darf nicht so viel lächeln, weil er mit dem Lächeln die falschen Männer auf sich aufmerksam machte. Weil er so zu queeny aussah. Bruce glaubte sofort, was ich sagte, weil er in den letzten zehn Minuten noch keinen kennen gelernt hatte, und hörte augenblicklich auf zu lächeln. Das Ergebnis davon, dass Bruce nicht mehr lächelte, war, dass ihn jetzt erst recht keiner mehr anguckte. Bruce sah blöde aus, wenn er lächelte, aber wenn er nicht lächelte, sah er noch blöder aus.

Das alles erklärte ich Bruce in einer ruhigen Minute inklusive der Argumente für und wider das Lächeln, aber ich war nicht sicher, ob er verstand, was ich sagte. Als ich fertig gesprochen hatte, lächelte Bruce schon wieder. Da konnte man nichts machen. Bruce und sein Hund, beide auf Prozac. Für einen kurzen Moment mochte ich ihn.

Aber Jack war unglücklich und ich war unglücklich und wir wussten nicht, was wir machen sollten, weil wir beide so unglücklich waren. Wir guckten uns an, aber das, was sonst ging, wenn wir uns anguckten, dass einfach alles wieder gut wurde, weil wir uns anguckten, das ging gerade nicht.

running

Schnell wieder weg.
Nicht noch eine Nacht bei Bruce.

Ich war nicht der Einzige, der eine Exgeschichte mit einem Exfreund hatte, dachte ich, als ich abends alleine am Pool saß, auf den Pazifik blickte und die neue Radiohead-CD hörte, während Jack im Motelzimmer *Golden Girls* guckte. Jack hatte jede Folge mindestens schon dreimal gesehen. Zu viel Fernsehgucken, wie bei Menschen, die einsam waren oder lieber träumten als lebten, dachte ich und fühlte mich auch einsam. Ich hörte *Hail to the Thief** dreimal hintereinander und versuchte die Platte zu mögen. Falscher Zeitpunkt oder falsche Musik. Als ich ins Zimmer zurückkam, schlief er schon. Ich machte den Fernseher aus. Aber ich wollte nicht ins Bett. Ich wollte allein sein.

Wie es mit zwei Menschen überhaupt gehen soll.

Nachts im Motel in Kalifornien.
Nichts stimmte.

How quickly one's life could change, fall apart.

Was man wo mit Männern machte, die man nicht gleich wieder rauswarf oder umgekehrt. Hätte auch alles anders sein können. Jetzt hier mit Jack. Nicht Jack und Bruce. Nicht Anton und ich.

Am nächsten Morgen im Auto auf dem Highway. Guckte aus dem Fenster und guckte, was die andern machen. Die guckten auch.

Don't have much to say.

Er mochte meine Musik nicht. Ich machte das Radio an. Dann musste keiner die Verantwortung übernehmen.

Sheryl Crow, *All I Wanna Do Is Have some Fun**

Das Leben war kompliziert, was man merkte, wenn man wo war, wos nicht kompliziert sein sollte. Verstand Adornos Hass im Kapitel über die Kulturindustrie endlich. Dachte immer: Alter Sack, hat nichts gepeilt. Ich peilte hier auch nichts.

Warum Amerika trotzdem Recht hatte. Weil das Leben nicht kompliziert sein durfte, wenn es ums Glück ging. Weil Menschen nicht mehr dachten, wenn sie glücklich waren. Jedes Dochdenken in letzter Konsequenz deshalb wieder zum Nichtdenken führen musste.

Wieso Amerika doch nicht Recht hatte. Weil das nicht so einfach ging.

Don't have much to say.

Dann hörten wir für fünf Minuten Madonna und für fünf Minuten war alles O.K. Durchkommen. Weiterkommen. Dass Weiterkommen was wert war. Avril Lavigne mochten wir alle beide. Im Auto sitzen und *Complicated** hören.

Vierzigjährige, die Musik für Vierzehnjährige hörten. Du bist bald vierzig und was dann? Weiterkommen. Popwissen als Basis von Beziehung reicht nicht, sagte Sven. Das Leben war kompliziert. Das Leben durfte nicht kompliziert sein. Konnte nicht immer alles gut sein, musste aber darum gehen.

So sprachen Erwachsene.
Wir wussten noch nicht, wie wir erwachsen werden sollten.
Wir mussten noch lernen, wie wir erwachsen werden.

Endlich schien die Sonne.
Im Radio lief No Doubt.
Wir hatten ein neues Lieblingslied.

Run
Running all the time
Running to the future
With you right by my side

Me
I'm the one you chose
Out of all the people
You wanted me the most
I'm so sorry that I'm falling
Help me up let's keep on running
Don't let me fall out of love

[Chorus:]
Running, running
As fast as we can
I really hope you make it
(Do you think we'll make it?)

We're running
Keep holding my hand
It's so we don't get separated

Be
Be the one I need
Be the one I trust most
Don't stop inspiring me
Sometimes it's hard to keep on running
We work so much to keep it going
Don't make me want to give up

[Repeat chorus twice]

(The future)

[Repeat chorus]*

malibu

Zusammen Musik hören.
Denn Reden ging nicht.
«Ich will nicht an den Strand», sagte Jack.
Ich verstand nicht, warum nicht.
«Ich will nicht an den Strand, weil dann hinterher meine Schuhe voll Sand sind», sagte Jack. Warum er die Schuhe

nicht auszog, vorher oder hinterher, schließlich waren wir am Strand, schließlich war ich alleine am Strand.
Er wartete auf der Bank davor und guckte aufs Wasser.
Weiter nach Westen.
Allein am Wasser.
Warum die Menschen in Kalifornien so religiös waren.
Er glaubte, es lag am Ozean.
Ich glaubte, es lag am Licht.

Am nächsten Morgen keinen Kommentar zum Thema Sand in den Schuhen. Zum Strand, zusammen zum Strand. Es war so heiß, dass es oben auf dem Kopf, wo keine Haare waren, bei mir nicht und bei ihm nicht, wegen der Sonne jetzt schon zu heiß war. Es brannte auf dem Kopf. Es brannte ins Hirn rein. Das Sprachzentrum war noch unversehrt.

Nachdem drei Tage keiner was gesagt hatte oder nur so was wie halbfertige Sätze sagte, nichts zu Ende sagte oder wirklich gar nichts sagte, redeten jetzt auf einmal alle beide. Keine Halluzination. Auf einmal konnten wir auf einmal miteinander reden.

*Let the sun shine in your heart**

Kein Laberflash oder so. Wir waren gar nicht auf E. Richtig reden. Aufrichtig reden.

Problemgespräche waren ja für alle andern unerträglich. Warum wir so ernst waren. Warum man stundenlang allein sein wollte. Jedes Wort so wichtig. Es ging nicht darum, zu überzeugen. Dass man öfter mal das Gleiche fühlt und denkt.

Let the sun shine in your heart

Er sah mich an und gab mir einen Kuss und dann gings los. Nicht am Telefon oder per E-Mail. Am Strand von Malibu. Wir zwei zusammen. Keine Halluzination.

Jetzt ging es los.

Wenn unser Leben ganz einfach wäre.
Ich stelle mir vor, wie das wäre.
Sven hatte Recht:
Das war nicht langweilig.
Alles andere war langweilig.
Jetzt ging es los.

es wurde dunkel

Auf dem Pacific Coast Highway auf dem Weg nach Laguna Beach.
Wir hörten No Doubt.
Im Auto.
Wir mochten nur das eine Lied.
Wir spielten immer nur das eine Lied.

Wir hatten alles schon gesagt.

Running, running
As fast as we can
I really hope you make it
(Do you think we'll make it?)

Jack guckte mich an und gab mir einen Kuss.
Ich machte meine Augen zu.

Dann war es laut.
Dann war es dunkel.

++++++

Ich drehe mich um und gucke, wer da liegt, neben mir. Ich habe geträumt, glaube ich. Ich kann mich nicht erinnern, aber ich glaube, ich habe geträumt.

So ist das immer. Man weiß noch, dass man träumte, wie der Traum sich anfühlte, wie sich das Träumen anfühlte, aber nicht, *was* man träumte.

Dann fiel es einem wieder ein, vielleicht.

«Was ist los, mein Schatz?»
«Ich habe geträumt», sage ich.
Träumte man immer, immer wenn man schlief? Nicht nur nachts, auch beim Nachmittagsschlaf, jeden Nachmittag?
I took a nap.
Mein Lieblingswort, *nap*.
Weil es so kindisch klingt.

«Ich habe nur schlecht geträumt.»
Wenn ich nachmittags schlafe, ist das immer so. Ich sollte nachmittags nicht mehr schlafen.

Er gibt mir einen Kuss. Wir liegen eine Weile beieinander, ganz dicht beieinander, ohne die Augen zuzumachen. Für

immer zusammen im Bett zusammen, aber nur, wenn ich nicht wieder träumte.
«Schlaf nicht wieder ein.»
Es war schon fast gut. Noch eine Minute oder zwei, und dann war es wieder gut.

«It's a beautiful day.»

Dann steht er auf und macht Kaffee. Die Fenster waren die ganze Zeit geöffnet. Warm, nicht zu warm. Es ist noch fast Sommer. Er macht die Musik an. Ich kann nicht hören, was. Ich glaube, es ist Madonna.

In Amerika aufwachen. Die Sonne scheint. Darauf kann man sich verlassen, dass die Sonne scheint. Der Himmel ist so groß, so weit. Das gibt es nur hier.
Ich glaube, es liegt am Licht.
Er glaubt, es liegt an den Wolkenkratzern.
Er bringt mir den Kaffee ans Bett und sieht mich an.

Er hat einen Zettel in der Hand.

«Was ist das?»

«Eine Liste der Leute, die wir auf unsere Hochzeit einladen.»
«Zeig mal.»
«Bruce?»
«Soll eine Hochzeitsparty werden, keine Sexparty, oder?»
«Oder beides.»

«Wenn du Bruce einlädst, lade ich Anton ein.»
«Du kannst einladen, wen du willst.»
«Du nicht.»

Nach dem Sex fragt er mich:

«Und was machen wir jetzt?»
«Ich habe Hunger.»
«Komm, wir gehen noch mal frühstücken.»
«Und dann erzählst du mir alles.»
«Ja.»

Svens Stories

Wir wollten nicht die ganze Popgeschichtsschreibung den Heten überlassen. Zum Beispiel Benjamin von Stuckrad-Barre, der ist zwar süß, aber bitte kein Wort mehr zu den Pet Shop Boys von dort. Keine Ahnung, wovon er spricht, als Hete. Oder diesem dummen ehemaligen SZ-Menschen mit seinem dummen DJ-Buch. Dann schon lieber Goetz, Meinecke, Neumeister. Die sind zwar auch nicht schwul, aber wenigstens schlau.

Neumeister, der schaffte es ja, mal kurz auf ein paar Seiten klar zu machen, warum im deutschen Kontext vor allem die Popsozialisation seit 1970, ich würde jetzt mal sagen seit 1980, so superwichtig war. Wie die Popsozialisation einem beibrachte mit dem doofen Deutschkram fertig zu werden. Nicht Bildung, Musik hat uns das Leben gerettet. Pop statt Bildung. Bildungsbürgertum rettet ja offensichtlich nicht vorm Naziwerden. Popmusik, behaupte ich jetzt mal, schon. Siehe, trotz allem, immer noch, Love-Parade.

War das trotz Popliteraturdebatte überhaupt in den wichtigsten Hirnen angekommen? Nicht als saudummdoofer Westerwelle-Spaßfaschismus, sondern als klügste Kritik. Denn die klügste Kritik kritisiert nicht nur einfach dumm rum, sondern bietet dazu ein Leben an, das Popleben eben. Ganz lässig, ohne zu nerven. Das haben wir vom Goetz gelernt. So sieht es aus mit dem Leben im Leben, so könnte es klappen. Probieren wir mal.

Unser schwules Pop-Buch haben Felix und ich nicht geschrieben. Aber als ich seine Aufzeichnungen las, machte ich mir Notizen. Kommentare zu seinen Playlists. Sortiert nach den Stationen einer schwulen Liebesgeschichte.

Das war nun also unser Pop-Buch geworden: Anmerkungen zu einer schwulen Liebesgeschichte. *All you Get from Love Is a Love Song* hatten die Carpenters schon vor langer Zeit gesungen.

Aber war es nicht genau umgekehrt? Die Geschichte von Felix und Anton, von Felix und Jack, nichts als Anmerkungen, Fußnoten eigentlich. Weil ihre Geschichten in Wirklichkeit schon zuvor von der Popmusik erzählt worden sind. Bei J. D. Salingers *Der Fänger im Roggen* fand die Jugendkultur noch im Text statt. Danach hat die Musik übernommen: *Love you Can only Get from a Love Song*.

Ich mache das Buch zu und die Musik an:

1. SEX

We all Feel Better in the Dark
Pet Shop Boys (Disco 2, 1994)
Clubnummer der Pet Shop Boys, bei der nichts als diese eine

Zeile immer wieder wiederholt wird. Mehr gibt es nicht zu sagen. (Seite 55)

Superman, Eminem (The Eminem Show, 2002)
Zu Rap kann man nicht wirklich tanzen, ich nicht. *Superman* war in den USA die dritte Single-Auskopplung, nach *Without me* und *Cleaning out my Closet*, von Eminems *The Eminem Show*. Eins der schönsten Lieder der Platte. Ein Liebeslied, das nicht nur unglaublich sexy ist (Eminem zieht sich in seinen Videos auch für uns aus), sondern eins der traurigsten, die ich kenne. Mir fällt jedenfalls kein anderes ein, das gleichzeitig so sexy *und* so traurig ist. (Seite 12)

Can't Get you out of my Head
Kylie Minogue (Fever, 2001)
Die erste Single aus dem *Fever*-Album und seit *I Should Be so Lucky* Kylies erfolgreichste überhaupt. Sicherer Anwärter für den Titel des besten Popsongs aller Zeiten. Zwischen 2001 und 2003 entkam man diesem Lied nicht. Das nuttige *lalala* (oder war es *nanana*?), mit dem der Song startet, klingt so sehr nach Ficken auf Koks, dass ich mich eigentlich wundere, dass der Titel ungehindert im Radio laufen konnte. Außerdem besteht das Lied aus drei verschiedenen Refrains, also im Grunde aus nichts als Refrains, was dazu führt, dass es seltsam kompliziert und sofort eingängig zugleich ist. (Seite 47)

Like a Virgin, Madonna (Like a Virgin, 1984)
Erster Nummer-1-Hit von Madonna in Amerika und der Song, der den Mythos begründete, obwohl man heute eher

weghört. Weil das Ding so abgenudelt ist oder weil es in Wirklichkeit gar nicht so gut war? Hört man trotzdem hin, hört man, wie obszön der Beat ist. Der Rhythmus allein klingt schon nach Sex, Sex, Sex. Musste sie gar nicht noch singen. War es das damals? (Seite 35)

Liebe zu dritt, Stereototal (Musique Automatique, 2001)
Naiv-sexuell auf Deutsch mit französischem Akzent singt hier Françoise Cactus von Stereototal. Ich kann wirklich den ganzen Text auswendig. (Seite 56)

I Am a Slave for you, Britney Spears (Britney, 2001)
Wie lange dauert es noch, bis Britney hörbar wird? Für Schwule unter zwanzig scheint sie fast so gut zu funktionieren wie Madonna früher. Doch der Rest hört lieber weg. Seit *Everytime* dachte ich aber, eines Tages wird sogar Britney Spears interessant sein. Jetzt hat sie ein Greatest-Hits-Album herausgebracht und es sieht so aus, als sei schon alles vorbei. (Seite 101)

2. FALLING IN LOVE

I Wouldn't Normally Do this Kind of Thing
Pet Shop Boys (Very, 1993)
Irgendwann Anfang der neunziger Jahre wurde es in Großbritannien cool, Bandnamen *(Everything but the Girl)* und Songtitel in voller Satzlänge zu erfinden. Die Pet Shop Boys lieferten die interessantesten Versionen. Zum Beispiel *I Wouldn't Normally Do this Kind of Thing*. Ironisch insofern,

als das Gesetz von Pop darin besteht, die Welt als *einfach* zu beschreiben. Dieses Verfahren, wenn auch etwas aufdringlich, führt auch die Grundidee der Pet Shop Boys vor: Dance-Music mit intelligenten, komplexen Texten zu machen (Was die Pet Shop Boys nie zugaben: Diese Idee und auch ihren Sound haben sie von NewOrder geklaut). Seit Donna Summers *Love to Love you Baby* dachte keiner, dass das geht: im Musikbusiness populär und intelligent zugleich zu sein.
Die Pet Shop Boys präsentierten damit die erfolgreichste Form von postmodernem Camp, dessen Dandy-Ästhetik von den nichtschwulen Jungs der deutschen Popliteratur adaptiert wurde. *I Wouldn't Normally Do this Kind of Thing* ist von dem sehr erfolgreichen Album *Very*, das 1993 fast schon ein Comeback für die Pet Shop Boys darstellte, die in der zweiten Hälfte der Achtziger einen Nummer-1-Hit nach dem andern gelandet hatten. *Go West*, eine Coverversion des Village-People-Klassikers (und damit auch ein deutliches musikalisches Coming-out), das viel besser als das Original und eigentlich genial war, brachte die PSB auch in Deutschland zurück an die Spitze der Charts. (Seite 14)

Come into my World, Kylie Minogue (Fever, 2001)
Noch einmal Kylie: *Come, Come, Come into my World!!!* Nicht einer der stärksten Tracks auf *Fever* (sondern: *It's in your Eyes, Love at First Sight, Can't Get you out of my Head, Fragile*), aber funktioniert trotzdem ganz gut, wie alles auf dieser Platte. (Seite 111)

The Night I Fell in Love, Pet Shop Boys (Release, 2002)
Der gespielten oder echten Homophobie Eminems, einem

Vorwurf, auf den er mit der versöhnlichen Geste einer Performance von *Stan* reagierte, bei der Ehrenhomo Elton John den Part von Dido sang, entgegneten die Pet Shop Boys mit einem klugen und witzigen Text über Eminem als Closet-Queen. Die Szenerie: Justin von *Queer as Folk* wartet als Groupie beim Eminem-Konzert am Bühnenausgang und wird dann gerne mit aufs Zimmer genommen. (Seiten 112 f)

3. ROMANCE

Fragile, Kylie Minogue (Fever, 2001)

This could be the closest thing 2 love ist eine Textzeile aus dem Kylie-Minogue-Song *Fragile,* dem sechsten Track und der einzigen Ballade von ihrem 2001-Album *Fever,* das Kylie nach *Light Years* weltweit (mit Ausnahme der USA, wo sie einfach eine australische Sängerin ist) endgültig als weiblichen Popstar auf einem Erfolgsniveau etablierte, das sonst nur noch von Madonna geteilt wird. Obwohl ihr Follow-up-Album von 2003, *Body Language,* nicht nur kommerziell im Vergleich eher enttäuschend war, gilt seitdem, dass Kylie problemlos den Bubblegum-Pop liefert, für den Madonna sich zu schade geworden ist. *Fever* bewies, und das ist bis ins deutsche Feuilleton vorgedrungen, dass Kommerz und Klasse keine Gegensätze sind. *The best dance record ever.* (Seite 11)

Brown Eyes, Fleetwood Mac (Tusk, 1979)

Ein Christine-McVie-Song vom Fleetwood-Mac-Album *Tusk.* Nach den überwältigenden Erfolgen von *Fleetwood Mac* (1975) und vor allem *Rumors* (1977), die den Siebziger-Jahre-

Mac-Sound definierten und Fleetwood Mac zur schillerndsten Verkörperung der Kategorie *Supergroup* machten, ist *Tusk* ein experimentelles Album, das oft mit dem *White Album* der Beatles verglichen wird. Für die ungeschliffenen Folk-Rock-Arrangements ist Lindsey Buckingham verantwortlich, der die Platte nicht nur produzierte, sondern neun der 20 Lieder komponiert hat. Trotzdem überzeugt *Tusk* hauptsächlich auf den Stücken der Frauen. Neben Stevie Nicks' *Sara* und *Storms* gehört *Brown Eyes* von McVie zu den schönsten Songs der Doppel-LP. Die Harmonien erinnern stark an den Fleetwood-Mac-Klassiker *Rhiannon*. Aber mehr als ein Hit ist *Brown Eyes* eigentlich die Dekonstruktion eines Musikstücks. Ich bin davon überzeugt, dass man solche Musik nur in Kalifornien machen kann. (Seite 24)

Crazy for you
Madonna (The Immaculate Collection, 1990)
In Europa fast nicht wahrgenommen, ist dieses kindische Lied einer ihrer größten Hits in Amerika. Wenn man Madonna dort einmal live auf der Bühne gesehen hat, versteht man auch sofort, warum. Alle singen mit, Wort für Wort. In Wirklichkeit liebt Amerika Madonna! *She is our girl!* (Seite 35)

Live to Tell, Madonna (True Blue, 1986)
Eigentlich eine schwerfällige und etwas einfallslose Nummer mit ein paar hübschen Momenten, aber *Live to Tell* galt in ihrer Karriere als erster Beweis dafür, dass Madonna mehr kann als Plastikpop. *This was heartfelt.* Außerdem gingen die Gerüchte los, dass sie vielleicht doch singen kann. (Seite 35)

4. HAPPINESS

Xanadu, Olivia Newton-John (Xanadu Soundtrack, 1980)

Wie alle Schwulen wissen, war Xanadu eine Zusammenarbeit von Olivia Newton-John und E.L.O. (Electric Light Orchestra). Eine etwas eigenartige Kombination, aber E.L.O. hatten ein ganz gutes Gespür für Hits, wenn auch auf etwas brachiale Weise. Der Song und der Musical-Film sollten Rollerskating als Massenphänomen populär machen, ähnlich wie *Saturday Night Fever* zuvor das Phänomen Disco popularisierte. Während Olivia Newton-Johns Zusammenarbeit mit dem *Saturday-Night-Fever*-Star John Travolta den großen Erfolg des Soundtracks von *Saturday Night Fever* als Plattenkonzept wiederholen konnte (in *Grease* mit dem Hit *You Are the One that I Want*), war *Xanadu* zwar nicht unerfolgreich, aber dennoch war dem ganzen Projekt die Anstrengung anzumerken, auf einen Zug aufzuspringen, der eigentlich schon abgefahren war (E.L.O. besitzen auch nicht das Genie der Bee Gees). *Xanadu* war von Beginn an nostalgisch, was es allerdings gut möglich macht, den Song heute noch zu hören. Ach ja, die Australierin Newton-John ist keine schlechte Sängerin. (Seite 75)

Being Boring, Pet Shop Boys (Behaviour, 1990)

I never dreamt that I will get to be the creature that I always meant to be: Allein schon wegen diesem Satz: *Being Boring* von den Pet Shop Boys *muss* man lieben. (Genauso wie *When I was a very small boy, very small boys talked to me, now that we' ve grown up together, they're afraid of what they see* von NewOrders *True Faith.*)

Eigentlich also eine Coming-out-Hymne. Sie hätten nicht mehr machen müssen: Weniger plakativ als ihre Achtziger-Hits, ist *Being Boring* das beste, das gelassenste aller Pet-Shop-Boys-Lieder. Großartig. Video von Bruce Weber. (Seiten 67, 114)

5. FEELS LIKE HOME

Home and Dry, Pet Shop Boys (Release, 2002)

Die erste Single des 2002-PSB-Albums *Release,* das einen ähnlichen Weg geht wie die Elektrofolk-Stücke auf Madonnas *Music* und *American Life.* Der elektronische Popsound wird mit akustischen Gitarrenklängen kontrastiert. Während bei Madonna das Konzept zunächst aufging *(Music),* im Hinblick auf Originalität und Kommerzialität, sind die Pet Shop Boys etwas spät dran mit der Idee. *Home and Dry* ist ganz hübsch, aber vorhersehbar. Nicht das stärkste Stück auf dem Album, und auch Wolfgang Tillmans' Mäuse-Video ändert nicht viel. (Seite 26)

Se a Vida E, Pet Shop Boys (Bilingual, 1996)

Eines der wenigen Pet-Shop-Boys-Lieder, die ich eigentlich nicht mag. Es geht ums Glück, aber auf sehr verhaltene Weise. Sie klingen schon so müde. Aber das Video ist schön: verliebte schöne Menschen in Miami. (Seite 79)

Happiness Is an Option, Pet Shop Boys (Nightlife, 1999)

Sehr erwachsenes Lied der Pet Shop Boys auf *Nightlife.* (Seite 158)

6. CONFLICT

A Different Point of View, Pet Shop Boys (Very, 1993)
Der vierte Song von der *Very*-CD der Pet Shop Boys. Obwohl das 93er Album vom Design her das Ende sozialistischer Gesellschaften als Popspektakel feiern will (und die Einführung der CD als Medium mit einer knallorangefarbenen Plastikhülle, die noch heute im Plattenladen auffällt), sind die Lieder, ja was, Liebeslieder. Komplizierte Liebeslieder. (Seite 23)

Complicated, Avril Lavigne (Let Go, 2002)
Avril Lavigne wurde als Alanis Morissette für eine neue Generation von Girlies und als Anti-Britney vermarktet. *Complicated* beweist aber, dass sie eine richtig gute Songschreiberin ist. (Seite 179)

Can you Forgive her?, Pet Shop Boys (Very, 1993)
You dance to disco and you don't like rock ist eine der schönsten Pet-Shop-Boys-Zeilen aus *Can you Forgive her?*, was kein Schwulenlied sein soll, sondern ein Lied über einen Ehemann, der kein Macho ist, glaube ich. Wir identifizieren uns trotzdem. (Seite 58)

7. HOPE

Running, No Doubt (Rock Steady, 2001)
Running klingt wie ein verzweifeltes Kinderlied. Die verspielte Instrumentierung am Anfang, Gwen Stefanis Mäd-

chenstimme, die ein bisschen an Inga Humpe von 2raumwohnung erinnert, und die bitter-süße Melodie. No Doubt haben Identitätsprobleme und wissen nicht, wer sie sein wollen. Eine kalifornische Ska-Band - was ist das? Das Album *Rock Steady* war, was die Single-Auskopplungen angeht, sehr erfolgreich, aber zeigt genau das Dilemma: Jeder Hit klingt wie von einer anderen Band. *Running* litt unter der Tatsache, dass es erst als vierter Song veröffentlicht wurde (nach *Hey Baby, Hella Good* und *Underneath it all),* dabei ist es ganz klar das beste No-Doubt-Lied seit *Don't Speak* und hätte ebenso vermarktet werden können. Doch zu diesem Zeitpunkt wollten No Doubt lieber ein Image als ausgeflippte Tanzband haben. (Seite 181)

Hoffnung, Mia (Stille Post, 2004)
Mia strapaziert das Konzept des deutschen Fräuleinwunders für den Popmarkt, wie wir es von Nena und den Humpe-Schwestern kennen. Das nervt manchmal, aber trotzdem enthält *Stille Post* ein paar schöne Lieder, bei denen man ihr die Naivität und das Girlie-Schema gerne abkauft. So wie hier auf *Hoffnung*. (Seite 76)

8. ILLUSION

Paradise, Madonna (Music, 2000)
Paradise ist Madonnas erste Zusammenarbeit mit Mirwais, auch auf der Platte des Franzosen drauf. Das Glück, das für beide in dieser Zusammenarbeit liegt und das eigentlich erst mit den Balladen des *American-Life*-Albums, die das Beste

sind, was Madonna je gemacht hat, voll zum Zuge kommt, kündigt sich in diesem wunderschönen Lied schon an. Man wünscht sich, Serge Gainsbourg hätte für Madonna geschrieben. (Seite 40)

9. NIGHTMARE

Mockingbird, Eminem (Encore, 2004)

Nach den Hasstiraden - ironisch oder nicht - gegen *bitches* und *faggots* haben Hip-Hop/Rap 2004 irgendwie ihre menschliche Seite entdeckt und versuchen jetzt versöhnlicher zu klingen (wir sind gerührt). Wie hier bei Eminems *Mockingbird,* dem schönsten Lied auf *Encore,* wo Eminem uns und Tochter Hailie das Drama ihrer Kindheit erklärt. Klingt tatsächlich wie eine Zugabe: Eminem spielt zum Abschied noch einmal ein paar Lieder für uns, ist aber eigentlich am Ende. Ein letztes Mal werden wir zu Zeugen seines angeblichen Alptraum-Lebens, dessen Charaktere wir inzwischen so gut kennen wie die jeder Reality-Show. (Seite 6)

Love Is a Catastrophe, Pet Shop Boys (Release, 2002)

Ein schlichtes, schönes, ehrliches Lied über das Ende einer Liebe. Hier von *Liebeskummer* zu sprechen wäre ein Euphemismus. Es geht um Zerrüttung. (Seite 61)

10. GOOD-BYE

Go your own Way, Fleetwood Mac (Rumors, 1977)
Für mich ist *Go your own Way* der Song, der die Unwiderstehlichkeit der Siebziger-Jahre-Mac klar macht. Das Lied ist einschüchternd, so phantastisch ist es. Und der Zusammenklang der drei Stimmen von Christine, Lindsey und Stevie ist nicht von dieser Welt. Ich erliege dem Zauber und verneige mich in Demut. (Seite 42)

Don't you Want me, Human League (Dare, 1981)
Wenn man den Achtziger-Jahre-Superhit *Don't you Want me* von Human League heute hört, merkt man: Die konnten gar nicht singen. Warum hat das damals keinen gestört? (Seite 42)

Don't Ask me why, Eurythmics (We too Are one, 1989)
Warum sind Trennungslieder immer so schön? Einer der schönsten Songs der Eurythmics. *Annie, we love you.* (Seite 42)

Don't Speak, No Doubt (Tragic Kingdom, 1995)
Ich bin zwar kein großer No-Doubt-Fan (trotz Gwen Stefani, der einzigen legitimen Madonna-Erbin, wie inzwischen längst klar ist), aber *Don't Speak* ist ein sofortiger Klassiker und ich verstehe nicht, wie das geht, wie man so was in einer Zeit von Sampling und Revival-Shows immer noch schreiben konnte, irgendwann in den Neunzigern. (Seite 42)

Believe, Cher (Believe, 1998)
In Amerika war *Believe* das erfolgreichste Lied des Jahres 1998 und damit auch das erfolgreichste von Chers langer Karriere. Ich finde lieber Cher-Lieder unwiderstehlich (wie in diesem Fall) als Celine-Dion-Lieder. Außerdem, in Amerika wird Cher von Schwulen so verehrt wie sonst nur Madonna. Warum ist das in Deutschland nicht so? Nur weil wir ihre Siebziger-Jahre-Fernsehshows nicht kennen? (Seite 42)

I Get along, Pet Shop Boys (Release, 2002)
Zweite Auskopplung von *Release* und genau wie *Home and Dry* eigentlich keine Single, finde ich. Aber ein hübsches Lied mit einem hübschen Video. Ich mag mehr den Text als die Melodie, merk ich gerade. Vielleicht ist das Lied doch besser, als ich erst dachte. (Seiten 42, 52)

11. SENTIMENTAL

Augenblick (Dezember), Rosenstolz (Herz, 2004)
Rosenstolz haben verstanden, die von Schwulen verehrte Torchsong- und Chanson-Tradition, die sonst dadurch am Leben bleibt, dass Transen oder Fag-Hags von einem alternden Pianisten begleitet auf Kleinkunstbühnen besoffen traurige Liebeslieder aus den Vierzigern singen, mit neu komponierten und elektronisch arrangierten Songs für den Popmarkt zu adaptieren. Nicht zufällig daher die Zusammenarbeit mit Marc Almond, der auch schon Jacques-Brel-Lieder sang. Nicht nur Schwule hören zu. *Herz*, ihr 2004-Album mit dem hinreißenden *Liebe ist alles*, ist eins der meistverkauften

in diesem Jahr in Deutschland. Die hier zitierten Zeilen sind der Anfang des Liedes *Augenblick (Dezember)*, dem letzten Track auf *Herz*. Das Lied spricht vom Ende einer Liebe, die aber auch das Ende des Lebens zu sein scheint. *Wär das der letzte Herbst, Mein letztes Jahr, Und müsst ich gehn.* (Seite 48)

Un-Break my Heart, Toni Braxton (Secrets, 1996)
Un-Break my Heart von Toni Braxton gehört in den USA zu den fünf *most successful songs of all times*. Ganz klar, warum: Wenn man die Ballade zum ersten Mal anhört, denkt man, es müsste das Lied schon geben, nicht weil es so langweilig wäre, sondern weil man genau so, wie es ist, darauf gewartet hat. (Seite 42)

12. DEPRESSION

Let down, Radiohead (OK Computer, 1997)
Mein Lieblingslied auf dem überwältigenden *OK-Computer*-Album, das Radiohead endgültig als legitime Erben von R.E.M. und U2 etablierte, das heißt als wichtigste Band im alternativen Rock. Der hypnotisierende Sound des Songs, und des ganzen Albums, ist gespenstisch. Eine der besten Platten aller Zeiten und Radiohead die wichtigste Band der Welt seitdem. (Seite 49)

Hail to the Thief, Radiohead (Hail to the Thief, 2003)
Nach den beiden experimentellen Alben *Kid A* und *Amnesiac*, die zusammen eigentlich ein Doppelalbum waren und die Radiohead auf der Höhe ihres Ruhms veröffentlichten,

anstatt das Rezept vom Grammy-Gewinner *OK Computer* einfach zu wiederholen, kam 2003 *Hail to the Thief.* Das Album wurde angekündigt als Radioheads Rückkehr zum Mainstream. Das stimmte nicht. Mit Klängen weniger experimentell als die beiden Alben davor war es dennoch weit entfernt vom Gitarrenrock von früher. Trotz schöner Stücke hier und da: eine verwirrende Platte. (Seite 178)

I've Been High, R.E.M. (Reveal, 2001)

R.E.M. sind alt geworden und das hört man, denn ihre Lieder klingen noch zehn Jahre später genauso wie am Anfang der Neunziger. Ich bin nostalgisch und höre weiter gerne zu. *I've Been High* ist das schönste auf dem 2001-Album *Reveal.* Außerdem hatte Michael Stipe inzwischen mehr oder weniger sein Coming-out. (Seite 49)

That I Would Be Good, Alanis Morissette (Supposed Former Infatuation Junkie, 1998)

Alanis Morissette konnte mit *Supposed Former Infatuation Junkie* nicht den Supererfolg von *Jagged Little Pill,* einem der erfolgreichsten Alben der Neunziger, wiederholen. Für Therapie-Jargon und Stücke, die durch das Überstrapazieren ihrer Stimme nervten, wurde die Platte runtergemacht. Übersehen wurde, dass die besten Morissette-Stücke nicht auf *Jagged Little Pill* waren, sondern auf ihrem *MTV-Unplugged-*Album *(Uninvited)* und eben auf *SFIJ (That I Would Be Good).* (Seite 49)

Mensch, Herbert Grönemeyer (Mensch, 2002)

Warum war Herbert Grönemeyers Single + Album *Mensch*

2002/2003 in Deutschland so erfolgreich? Das hat irgendwas mit der Flutkatastrophe zu tun, glaube ich. Oder weil jetzt die Ossis Grönemeyer entdeckt haben. Oder weil seine deutsch gesprochene Innerlichkeit globalisierungsverängstigte Bundesbürger anspricht. Ich bin ratlos. (Seite 86)

Nothing Compares 2 U,
Sinead O'Connor (I Do not Want what I Haven't Got, 1990)
Bei dem Sinead-O'Connor-Song *Nothing Compares 2 U* frage ich mich immer, wie sie das überlebt hat. Am Ende des Lieds muss man sich doch eigentlich umbringen, oder? Und, wieso hat sie nie wieder *so* gesungen? (Seite 42)

13. ESCAPE (TO AMERICA, ALWAYS)

New York City Boy, Pet Shop Boys (Nightlife, 1999)
Mit *New York City Boy,* einer Single-Auskopplung vom 1999er Album *Nightlife,* versuchten sie die Erfolgsformel von *Go West* zu wiederholen, genauso wie *Nightlife,* ein weniger experimentelles Album als der Vorgänger *Bilingual,* an den Erfolg von *Very* anknüpfen sollte. Obwohl *New York City Boy* nicht die Stärken des Klassikers *Go West* besitzt, hält sich die Disco-Hymne auch fünf Jahre nach Veröffentlichung ganz gut. Gutes Video, auch. (Seite 22)

The Hands that Built America
U2 (Best of U2 1990–2000, 2002)
Es gab eine Zeit, da war es unmöglich, U2 zu hören. Wegen der Heterosexualität des Gitarrensounds, wegen der

Aufdringlichkeit von Bonos politischem Engagement und wegen der Zusammenarbeit mit Wim Wenders. Aber wegen diesem Lied verzeih ich ihnen alles. Fast so schön wie **One**, das *Rolling Stone* im Jahr 2003, also zehn Jahre nach seinem Erscheinen, zum besten Rocksong aller Zeiten wählte. Ich stimme zu.
Der Zusammenbruch der Türme des WTC hat in den USA ein Heimatgefühl erzeugt, das es sonst gar nicht gab. Und für eine kurze Zeit hat man das verstanden. *The Hands that Built America* spricht von diesem Moment, bevor alles furchtbar wurde. Schon der Scorsese-Film ist schrecklich, schrecklich langweilig auch. Der Soundtrack von U2 hätte vollkommen gereicht. Während die Originalversion des Liedes *the cloud on the New York skyline* besingt, die ja tatsächlich wochenlang über Lower Manhattan hing, änderten U2 bei der Grammy-Verleihung 2002 den Text und sprachen sich nun deutlich gegen die Kriegspläne der Bush-Regierung aus. (Seiten 49, 99)

Dancing Queen, Abba (Arrival, 1976)
Manchmal hat Amerika einfach Recht. *Dancing Queen ist* das beste Abba-Lied und man kann es immer noch ab und zu im Diner um die Ecke beim Frühstücken hören. (Seite 101)

Fame, Irene Cara (Fame Soundtrack, 1980)
Hatte Madonna *Fame* gesehen, bevor sie nach Manhattan kam? Denn der American Dream ist in der Musikindustrie von niemandem besser verkörpert worden. Der Mythos stimmt: ohne Geld Anfang zwanzig nach Manhattan kommen und ein Weltstar werden, einfach weil man es will. Dass

die künstlerischen Talente begrenzt sind, spielt bei Popstars keine Rolle. Madonna hat bei Andy Warhol gelernt und verstanden, worum es geht. (Seite 104)

California Dreamin', The Mamas and the Papas (1966)
Klassiker von The Mamas and the Papas, den wir schon gesungen haben, als ich noch ein Hippie war. Ihr Chorgesang, wie auch der der Beach Boys, wurde später Vorbild für die Eagles, Fleetwood Mac und zuletzt für die Red Hot Chili Peppers. (Seite 157)

All I Wanna Do Is Have some Fun
Sheryl Crow (Tuesday Night Music Club, 1994)
Das Lied, mit dem Sheryl Crow, die zuvor Back-up-Sängerin bei Michael Jackson war, berühmt wurde. Ganz einfach und unwiderstehlich. Schöne Coffee-House-Szenen im Video. Man will sofort nach Amerika auswandern. (Seite 179)

14. PARTY

Music for Boys, Pet Shop Boys (Alternative, 1995)
Schwule Club-Nummer der Pet Shop Boys. Elitär, ausschließend, arrogant. Nur für uns. Toll! (Seite 114)

It Must Be Obvious, Pet Shop Boys (Alternative, 1995)
Beweis dafür, dass die Pet Shop Boys auch simple Tanznummern machen können. *Very obvious.* (Seite 122)

Holiday, Madonna (Madonna, 1983)

Gute-Laune-Klassiker vom ersten Album, ein Song, der erst mit der Wiederveröffentlichung nach dem *Like-a-Virgin*-Album richtig zum Zuge kam. Keine Party in den Achtzigern ohne *Holiday*. Während sich Madonna lange Zeit geweigert hat Hits wie *Material Girl* zu spielen, war *Holiday* auch immer ein Tour-Klassiker. (Seite 35)

Sunshine, Westbam + Dr. Motte (1997)

Let the sun shine in your heart war Motto der Love-Parade 1997. Dr. Mottes Mottos sind banal. Sie sollen banal sein. Das ist Pop. Das ist O.K. (Seite 182)

15. MEMORY

My Heart Will Go on, Celine Dion
(Let's Talk about Love, 1997)

Madonna hat insgesamt, was die Musik angeht, relativ wenige Peinlichkeiten begangen. Das kann man von Celine Dion nicht sagen. Wenn sie sich beim Vorsingen von *My Heart Will Go on* mit der Faust auf die Brust schlug, zuckte ich immer zusammen, und bei solchen Stimmungsmachern wie **That's the Way it is** muss ich sofort das Radio ausschalten, um nicht schlechte Laune zu kriegen. Andererseits: Peinlichkeiten gehören zum Diventum dazu (*Mariah Carey, Whitney Houston* ...) (Seite 40)

Always on my Mind, Pet Shop Boys (Actually, 1987)

Zum Schluss zurück zu den Pet Shop Boys: *Always on my*

Mind ist ein Lied von Elvis und einer der größten Erfolge der Pet Shop Boys in den Achtzigern. Mit ihren Coverversionen *(Somewhere, Where the Streets Have no Name)* präsentierte sich der spezifische Pet-Shop-Boys-Sound eigentlich noch eindringlicher als mit den Eigenkompositionen. Denn die Coverversionen waren den Originalen ebenbürtig oder überlegen. Die Coverversionen waren *gerechtfertigt,* was sonst nicht oft der Fall ist, und damit bewies der Pet-Shop-Boys-Sound seine Unverkennbarkeit und seinen Machtanspruch für die Musikgeschichtsschreibung. (Seite 26)